U0524898

沈奇诗文选集

A COLLECTION OF POEMS AND ESSAYS BY SHEN QI

沈奇 著

【卷七】

中国社会科学出版社

【卷七】诗话·诗评·诗序

前　言

卷七，三辑集成。分"诗话""诗评""诗序"。

辑一为诗与诗学双栖并重之间隙，经十余年断续撰写编修而成的现代诗体诗话二百则；辑二为平日阅读与讲授新诗中，所得25篇"手札"式诗评文章；辑三为多年断续为诗友诗集出版所撰长短序言18篇，及为自己诗集出版所作两篇自序文章。

卷末附个人文学年表作结。

本选集以诗开卷，以诗话收尾，念兹在兹，唯诗为归，欣然！

尤其二百则诗体诗话，乃晚近思与诗之意外收获，而断续捡拾，竟也独成一集，别开界面，堪可自珍而待客。

林风有仪，云水无痕。无痕而有仪，如无核之云，飘然而至，飘然而逝，岂非此生诗旅之始终写照？

诗意如灯，天心回家。

目录

【辑一】

003　无核之云——现代诗体诗话二百则

【辑二】

093　永久的风景——读卞之琳《断章》
096　孤绝之美——读洛夫小诗《诗的葬礼》
099　王者之鹰——读洛夫《危崖上蹲着一只独与天地精神往来的鹰》
103　刹那见终古——读洛夫《未寄》
106　另一种玫瑰——读痖弦《上校》
110　澄明之境中的月光浴——读王小妮诗《月光白得很》
113　阳光礼孩的阳光浴——读黄礼孩《窗下》
116　清简一苇天地心——读娜夜《起风了》
119　"说事"与写诗或借题发挥——读于坚《塑料袋》
123　寻常翻出新意来——读翟永明《在古代》
127　向晚的仰瞻——读王寅《我敬仰作于暮年的诗篇》
130　与诗有约——读张枣《预感》
134　迷途忘返别样看——读多多《我读着》
138　记忆的创伤与创伤的记忆——读郑单衣《北方日记》
142　以何种方式守望及守望什么——读余怒《守夜人》
144　极限实验或对失语时代的命名——读伊沙《结结巴巴》
148　拒绝抚慰或诗性"呕吐"——读伊沙《饿死诗人》
152　返璞归真　自然天成——读唐欣《在青海某地停车》
154　平实与空茫——读雷平阳《小学校》
157　心里有座山——读君儿《上山》
160　纯净的深度——读水晶珠链《无法沟通》
162　与洛夫"过招"——读南方狼《与我决裂的童年，夜夜歌唱着动人故乡》
165　"第一次"的惊喜——读钟顺文小诗《山》
168　成人童话与月亮情人——读林焕章《十五·月蚀》
171　拾一粒石子听涛声——谈我的诗作《上游的孩子》

【辑三】

177 活在时间的深处——杨于军诗集《冬天的花园》序
187 肉身的迷途与灵魂的倒影——法蒂哈中文诗集《未被说出的》序
193 瞬目苔色小诗风——《磨坊小诗》·2014卷序
202 清流一溪：有源，靠谱，得自在——吕刚《诗说》散序
208 黎明的呼吸——冯错诗集《何事惊慌》散序
214 清晨的出发，或学者诗人——宋宁刚诗集《你的光》散序
220 飞翔的起点——孟想诗集《第一首诗》序
227 木鱼、骨头及文化病理学——子非诗集《把木鱼敲成骨头》序
232 "以露酿酒"与"深醉的绝响"——《路漫诗选》序
237 以诗为家——沙陵、毛娅、田苗诗集《黑白灰》序
243 背尘合觉自在行——《吕刚诗选》序
249 展开的河流——《陆健诗选》序
252 为诗的诺言书写寂寞——刘文阁诗集《诺言》序
257 荒火之舞——杜迁诗集《火焰的回声》序
264 与诗有约——姚轩鸽诗集《暗夜横渡》序
268 生命的仪式——三之诗集《三之的诗》序
273 为了心灵的水土不致流失——念学志诗集《兰花集》序
276 恋恋一季与耿耿一生——陶醉诗集《织物的颂词》序
281 仪式、念想及私人邮件——《淡季》诗集自序
285 我的诗歌写作——《沈奇诗选》自序

【附录】

295 沈奇文学年表
320 后记

【辑一】

无核之云
——现代诗体诗话二百则

1
诗意如灯
天心回家

2
生命的行程
需要一盏脚前灯

思,是这盏灯的光源
诗,是这盏灯的光焰

3
有些秘密的踪迹
存在于时间之外
是诗的语言之灯
使其在一瞬间显形

有些神奇的感觉
存在于事物之外
是诗的灵视之光
使其在一瞬间永存

4
现实的白昼
物质的暗夜

以诗的虚无
给虚无的世界
投射一个有意味
的影子——

留给月亮去认领

5
落日与朝阳
生存与梦想
以及,记忆穿透

岁月的迷墙

星空依旧
醒来,别睡着
这里有扇窗口
诗的窗口——
"与尔同销万古愁"!

6
物的世界
是一种借住

诗的世界
方是永生

7
声音是向上走的
云烟是向上走的
心是向上走的
诗也是向上走的

"上"是什么?

上是轻
上是空
上是无

8
"上"对"下"而言
似乎什么也不是
但"上"在着——

像那片只能凝视
而无法把握
的蓝天一样，在着！

9
万物先于人类
的诞生而存在
此"存在"即为"道"
——万物之生
而生生不息的
"众妙之门"

时间先于人类
的意识而存在
此"存在"即为"天"
——万物之死
而死死相因的
"逝者如斯"

"天不变道亦不变"

生不变死亦不变
所变只是人类的
"思"与"诗"

10

天言不言
人言有限

"众妙之门"
何以为通

唯：诗之言

11

诗之言——

言人言之未言
言天言之不言

是谓"诗"

12

存在无言
存在只是在着

在者无言

言者已非真在

诗以语言为迹
而诗心本无言

——只求意会
会存在无言之境

13
诗是对世界的改写
诗是对语言的改写

人是语言的存在
——改写语言
便是改写
我们同世界的关系

经由这种改写
世界复归陌生
——令人神往!

14
人,活在语言中

——与神的对话
我们从哪里来?

——与自然的对话
我们是谁？

——与人和社会的对话
我们向哪里去？

诗是与这三种对话的对话

15
语言是人的起始
诗是语言的起始

何者是诗的起始
曰：天地之心

16
为天地立心
为生命立言

"把无限放在你的手掌上
永恒在一刹那里收藏"

17
诗关人心
也关天心

人心为实
天心为虚

实据一物一时
虚纳万化之境

18
心语无语

语生云间
语生雨中

云雨之语
唯风可解

解与心知

19
诗志于道

宇宙之原生
世界之原在

自然之大魅
生命之大惑

20
诗据于德

种月为玉
润己明人

种玉为月
朗照千古

21
诗游于艺

直觉体悟
混沌把握

有趣则兴
意会而止

22
诗之至者

先听上帝讲话
再与上帝对话
复代上帝说话

——终然心会
和上帝一起
沉默不语

23
诗是由混沌
走向澄明
复由澄明
走向混沌的
精神之旅

惚兮恍兮
其中有象
恍兮惚兮
其中有诗

24
诗不仅是
对生命存在的
一种特殊言说
也是生命存在的
一种特殊仪式

——在这种仪式中
个体生命
瞬间澄明而自信

并与神同在

25
你感知到的世界
方是拥有的世界

你记忆到的人生
方是拥有的人生

诗是人世风景中
待填补的空白

诗是人性空白中
待填补的风景

26
"大漠孤烟直"

"大漠"者——
物质之漠
欲望之漠
精神荒寒之漠

而一烟孤直者
——诗也

27

诗有三功
作用人心

一曰"静"
虚静为本
安妥心斋

二曰"真"
真诚为本
净化心灵

三曰"敬"
虔敬为本
提升心境

28

漂泊时代
何以为"家"？

"家"在远方
"家"在心中

"家"在自由敞开的
诗的呼吸里……

29
与诗为伴
乡愁如梦

诗路即"回家"之路

并暗自交换
流浪的方向

30
世界的虚假
在语言的失真

生命的虚无
在存在的失重

——诗的张力
即人的张力

人格的维度
即诗的维度

31
心灵与头脑
激情与智慧
以及诗性直觉的

纹理与射线——

在生命意识的最高点
聚合
绽放
第二次的诞生!

32
——即或没有
现实人生的磨砺
那一颗过分敏感的
心灵,和那一份
将一切都要看透的
目光,也同样会
逼临精神的悬崖
独自上升
或者潜沉

便在内心的深处
有了一块
独属于自己的荒原——

以梦喂养
以诗耕种

33
生命原本是一个错误
诗是对这错误的弥补

给生的苦乐
一种新意——

在制作的人之上
还有一个
更高的种族!

34
午夜持灯
以诗传心

心是自由的心
灯是独家的灯

浏亮生命的疆域
舒放灵魂的歌吟

35
生命何其精彩
精彩里有诗

生命何其无奈

无奈里有诗

36
诗是追梦的云梯
诗是忧郁的容器

诗是欲望世界
之"林中空地"

37
居石梦云
诗心所在

——一朵野菊
的绽放与凋谢
以及风的暗示……

38
在失去季节
的日子里
创化另一种季节

在失去自然
的时代里
创化另一种自然

从时间的背面
进入另一种时间

——生的乐趣
在于美的照耀

39
诗不单是生命的起始
诗不单是生命的归所

诗是生命之展开
常在常新的过程

——通过这条路
我们方才可能
走进神的所在之处!

40
心中无目
则目中无人

无人有目
则诗意生焉

41
什么是诗?

记忆和心灵

心灵是根
记忆是枝叶

当然还需要
一场润物细无声的
语词的春雨

42
诗,自由精神
之个人宗庙

诗,个性语言
之独立领地

我诗故我在
我在故我诗

43
诗之思——
在于唤醒
语言的敏锐感觉

——在这里
语言被当作

具有自己法则
和自己特殊生命
的精灵
来重新活过

44
诗到语言为止
诗到语言为始

恢复命名功能
重返生命初稿

自足的语言
可能的语言

诗由语言而生
语言由诗而生

45
切断语言的
逻辑链条
便是切断
我们与世界的
逻辑链条——

"七窍"死

"混沌"开
开我诗性生命
之本初自在

46
远离惯性
转换视点

回到词根
朗现原道

——智慧的写作
于熟稔中敲出陌生！

47
诗，站在语言的
起始处，方成为
有命名性的言说
原创性的言说

诗人，站在
历史的起始处
预先领略了未来
又重新发现了现实
方说出别人
说不出来的"说"

48
语词的奇遇
思想的历险

一种在智力的节日
突然降临的
对生存的追问——

天地眼
万古心

或一声穿透大地的
诗意的叹息!

49
诗有两只手

一手伸向存在
存在之真实

一手伸向语言
语言之创新

50
用最多的沉默

感知世界的人
是最初的诗人

用最少的语词
改写世界的人
是最好的诗人

51
凡不可言说处
就保持沉默

凡保持沉默处
必有诗生焉

52
诗是生命孤独的言说
诗是生命沉默的言说

孤独中的狂欢
沉默中的澄明

53
"叩寂寞而求音"

诗是对寂静的倾听
诗是对沉默的回应

54
诗以沉默为本
不得已而说
说不可说之说

意在言外
言在字外

无字无言处
生诗意无穷

55
寂寞中捡拾的
记忆,有如梦的路
捡拾红颜的凋落……

诗,是偶尔的降临
也是与生俱来的期许

56
处凡俗,而
出天籁之音

必得于地籁
之耳鼻喉舌

更得于人籁
之心苦愁远

霜降鸿声切
秋深客思迷

57
诗只为自身而流淌
有如写给
另一个自己的
暗语或傻话

——在多梦的夜里
播撒如莲的心曲

58
最原始的诗意
活在自然的深处

最长久的诗意
活在时间的深处

59
诗表达什么？
诗不表达什么

而诗何以存在?
在于"表达"之中

怎样的表达?
不为表达什么
的"表达"——

改变语词的方向
获取另一种语言
和精神的力量!

60
"诗关别才"

"别才"者
语感之所谓

——在不是太熟悉
又不是太不熟悉的
文字的奇遇中
创造语言的奇迹

61
诗乃"意造"

"意造"者
意象思维之所谓

"象"有意味
方生诗心

"意"以诗知
方为至知

62
"诗言志"
"文以载道"
诗文之根本

这"根本"
要生出枝叶
开出花朵
才算艺术地完成

63
诗以道生
道为诗之骨

道以诗生
诗为道之神

以道治诗

诗也朗照如月

以诗治道

道也明润如玉

相生相济

骨重神盈

64

拿诗说话

得以诗形

说诗的话

得以诗性

让诗说话

得以诗意

诗意之所在——

生命形态与语言形态

之和谐共生

而圆融贯通

65

诗要能触及到人心

最柔软的部分

诗要能触及到人心
最坚硬的部分

真情
真义

两个内核
一个肉身

66
文章千古事
真理一时明

诗为文章之根
故不刻求真理

诗只激活真理
并使之熠熠生辉

67
诗思之处
诗不在

诗在之处

诗不思

林风有仪
云水无痕

68
一切诗意
皆在诗句之无处
不在有处

空谷足音
无核之云

69
诗乃思之语

这句话是说——
诗是对思的演奏
而非阐释

诗乃物之意

这句话是说——
诗是与物的唱和
而非认证

70
所谓：文质彬彬
——感知彬彬然
——表意彬彬然

以文明（慧照）质
以文化（会意）质
以文学（形容）质

——生动于
为世界文身
而非寻找
标准答案！

71
诗不是传达
不是明确无误的
完整给与

诗是邀约
是不无歧义误读的
互动领略

72
写诗乃无序的暗示
而非有序的述说

读诗乃混沌的意会
而非明确的理解

73
思想
以语言的逻辑
征服人

诗想
以语言的鲜活
感动人

74
在诗的世界里
没有所谓的"道理"
只有所以然的"肌理"

——存在的过程
过程中的细节
细节里的体味与叹咏

然后成诗
成灵魂中
不可忽略而
坚持存在的

诗性的记忆

75
诗,并非是有
特殊的话题要说
才开启特殊的说法

诗,是因为有
特殊的语感诱惑
方说出那个
特殊的话题

76
以直言取道
叩问存在

以曲意洗心
润化人生

诗美要义
不二法门

77
有重的诗
有轻的诗

重,要重得
有骨头有肉有风韵
而非一块道学家
用来唬人的惊堂木

轻,要轻得
如一只灵异的飞鸟
而不是一根
无来由的羽毛

78
负重而不失灵性
承美而不失心魂

——一片草叶的
惆怅,悄然改变
大地的脉动……

79
"人活一口气"
诗也活一口气

与血液共涌动
与生命共呼吸

——没人气的诗

缺少人气的诗
只能活在纸上
剩下一点点"纸气"

80
诗,要说一些
与众不同的"诗话"

诗,也要说一些
与众相通的"人话"

与世界混合为一
再从这"一"中
创造出另一个世界
——光辉而不实用

81
审美有疲劳
感动没有疲劳

审美的感动有疲劳
精神的感动没有疲劳

——诗要感动人
须有外在之美
更须有内在之情深

82
诗本神事
亦可日用

人是浊物
诗是清洁剂

83
是日常的
生存肌理
留存
历史的真实

是瞬间的
诗性之美
遮挡
死亡的暗示

84
梦里有诗
诗里有梦

海水里有盐
夜空中有星

人间有童话

在遥远的地平线

心中的地平线
要又远又深

85
在华丽的
物质世界之外
在溃疡的
精神形态之外
在僵硬的
水泥森林之外
在空心喧哗的
公共话语之外

——是诗
让我们
免于成为
类的平均数
并重新回归
独立自由的
本初自我!

86
一个能跳脱出
体制与惯性的拘押

而自由思考的人
总是会最先接近
诗与真理的人

诗是选择"不"
——的选择

87
历史是一种慢
变化太快的历史
等于没有历史

慢的历史中
方有生的乐趣
方有美的细节
方有诗意的
回忆与向往

急生事
慢生诗

88
解密的自然
不再生梦

祛魅的诗歌

难免平庸

秋风失远意
故道少人行

背尘合觉
暗香疏影

89
诗要自然
如万物之生长
不可规划

诗要自然
如生命之生成
不可模仿

90
自发则自在
自为则自由

自我定义
自行其是

自己作自己的主人
自己作自己的情人

人得其所
诗得其所

91
诗是天然的

天然的诗
居住在
天然的诗心

天然的诗心
居住在
生命的初稿

92
浑圆地生成
宁静地坠落

带着汁水、芳香和核

诗,一个完整
而独立的创生

93
大地的皮毛

是松弛的

老虎的皮毛
是松弛的

诗的皮毛
也该是松弛的——

松弛的外表
坚实的肌体
沉郁的灵魂

94
……深海的微笑

一个隐喻
一种境界
一种灵魂的
力量与风度

至诗隐修
大德无胜

95
诗要呼吸

"呼吸"何来
有"间"存焉

无为反生有
"有"在"间"中

96
"间"即"简"

简约
自由
合心性

诗之"呼吸"所在

97
诗要简约——

既是对语言体验的
高度浓缩形式

也是对生命体验的
高度浓缩形式

98
刹那见终古

微尘显大千

闪电式的穿透
无边际的暗涵

虽万物互联
而越众独造

99
诗有虚实
相济为宜

意象为虚
叙事为实

一味求虚只有虚
一味求实只剩实

事象相济
诗意无穷

100
意象之妙
妙在其"虚"——

生歧义

发联想

横生逸出
出世外远意

101

叙事之妙
妙在其"实"——

得骨力
见素直

直言取道
道人间真情

102

象中有至味
而象不宜繁造

事中有真义
而事不宜多叙

要虚中有实
方不涉空腔

要平中见峭

方文质兼胜

103
诗的"叙事"
须脱"事"而"叙"

不是"说事"
而是对"事"的"说"

意象性地说
戏剧性地说
寓言性地说

——诗性的说
说"事"不可说之"说"

104
指事究理
抒情言志
这是散文的作法

指事非事
究理非理
抒情非情
言志非志
这是诗的作法

105
诗性之思
出而入之

自常境中入
由奇意中出

于静笃中见峭拔
于澄明里生悬疑

106
诗性之语
华而淡之

素直之质
诡异之采

自然呈现
邀人共悟

107
诗性至情
孤迥独存

发乎本真

出于自得

与神为徒
无适无莫

108
诗性至境
近于寂然

寂然而峭拔
峭拔而纯然
纯然而澄明
澄明而浑然

浑然而寂
大音希声
至境无语
唯余"微妙"

109
诗意微妙
心意却清楚

——楚楚动人
人向风中去
去意也模糊

方留住雨意如歌
生岚
生烟
生朝露如珠
点亮你处子的眸

向晚低诉
——诗意时光
我心永驻！

110
我们和古人
和前人
看到的是——
同一派春水
同一脉秋山
同一片
永恒的蓝天

而妙语似已
为前人说完
而佳句似已
为古人觅尽

而今何以为诗？

唯我之感觉
不同而已

111
诗感新奇诗新奇
诗感平俗诗平俗
诗感自然诗自然

而诗感何来？

一点灵气
几许智慧
十分爱心

112
意象为水
情感为风
智慧为帆

水无风而意不存
风无帆而形不存

帆无风而僵直
水无帆而空漠

水行风而活泼

风借帆而灵动

帆借水、风
而出神入化

113
诗的汉语
汉语的诗

有辉煌的身世
也有未知的奇遇

114
新诗之"新"
移洋开新

新诗之"诗"
汲古润今

新诗之"魂"
两源潜沉

新诗之"体"
道成肉身

115
现代诗的自由
不仅是
语言形式
的自由
更是自由人的
自由之形式

"双手捧着太阳
而不被灼伤"!

116
世界是平的
诗是尖锐的

既是思想的
尖锐认证

又是艺术的
尖锐探求

117
语言是给定的
诗是自由的

既是文本的

自由表达

又是人本的
自由挥洒

118
好的现代诗
无古
无今
无传统
也无现代

好的现代诗
是古
是今
是传统
也是现代

119
一首好的现代诗
须是——
一次新奇而独特的
语言事件
一次新奇而独到的
意象营造
一次新奇而独立的

语感体验

——经由
诗性的言说
提供了一次
新的说法

120
一首好的现代诗
须是——
一次新奇而独特的
灵魂事件
一次新奇而独到的
人生感悟
一次新奇而独立的
生命体验

——经由
诗性的言说
说出了一些
新的东西

121
解构——建构
倾听——追寻

在思的途中展开
无限的诗的可能

语言的光芒照耀
生命的大花开放!

122
诗是"隔岸观火"
疏离于时代而又
窥视着时代的变化

诗是"火中取栗"
投身于生活而又
跳脱于生活的拘押

123
诗人——
是在想象世界的
未知地带
作业的人

诗人——
是在真实世界的
不明地带
作业的人

124
何谓"诗人"?

生命理想的
"捕虹浪子"

语言家园的
"守望人"

被命运所伤害
——或准备去
伤害命运的人

125
"守望者"诗人
——苍凉的命名

守望什么?

灵魂的复活
语言的再生

126
诗者"私"也
艺者"异"也

独立之人格
自由之精神

发为神游于物外
显为个在于群上

乃"异"而艺
乃"私"而诗

127
……平静下来
做孤寂而又沉着的人

坚守且不断深入
承担的勇气
承受的意志
精神的持久力量

守住爱心
守住纯正
以及……
从容的启示

128
诗缘情

非缘一时之激情

突发之豪情

日常之滥情

诗缘情

乃缘一己之才情

自然之感情

千古之风情

入此境地

诗心诗境

方生烟云

129

山无云烟

不生灵气

人无云烟

不生逸气

文无云烟

不得润活

诗无云烟

不得鲜活

130
"云烟"何来？

曰襟抱
曰情怀
曰天地人神
和谐贯通

而一星独明

131
回看云起时
诗意独苍茫

得"云烟"者
得千古！

132
一切都消失了
只有真实出现了

我们宁可没有诗
也不可没有真实

可没有了诗的命名

诗的洗心悦意

所谓真实之还原
又有何意义?

133
诗言志
还是
诗言体?

实为一体两面

体是志的供养
志是体的灵魂

134
佛家讲"实修"
诗家也须讲"实修"

"实修"者
生命体验之所谓

135
生存,永远
比表演更难

——诗是表演吗?

差不多是这样
也永远
不该是这样!

136
诗是本真
本真生命的
自然呼吸——

而成为
一种
私人宗教

137
诗乃心侣
以诚待之

功利或游戏
都是一种亵渎

138
诗贵有"心斋"
方不为时风所动
亦不为功利所惑

而得大自在

有大自在之诗心
方通存在
之深呼吸……

139
真正的
纯粹的
诗人——

只是愿意
为诗而活着
绝不希求
由诗"活"出些
别的什么

初恋的真诚
诺言的郑重

140
从自身出发
从血液的呼唤
和真实的
人格出发——

由外部的人
回到生命
内在的奇迹

守望最后的营地
把诗的钟声
撞得更响!

141
从未想象过——
要像纪念碑一样
在年代中坚持不朽

只是为了片刻间
不可侵犯
不可腐蚀地存在

只是为了偶然间
以诗的形式
把一些事物
重新弄清楚

然后转告
黑夜及黑夜中
同你一样
醒着的人们

142
真正绝望的灵魂
才会在诗的写作中
达到一种绝对的
纯粹与澄明

"在艺术和诗里
人格就是一切"

143
诗是一种慢
一种简
一种沉着中的优雅

若转而为
快捷的游戏
就是另外一些
什么味道
的东西了……

144
常人求至
至人近常

诗亦如此

常诗求至
至诗近常

145
优秀的诗人
讲一些神话

平庸的诗人
讲一些童话

天才的诗人
讲一些"傻话"

146
优秀的诗人
深刻地
解说世界

平庸的诗人
生动地
模仿世界

天才的诗人
轻松地
创造世界

147
有诗如其人的诗人
有人如其诗的诗人

有诗不如其人的诗人
有人不如其诗的诗人

148
有为诗而诗的诗人
有为诗人而诗的诗人

有不写诗
也是诗人的诗人

有写一辈子诗
也不是诗人的"诗人"

149
这里只有一个秘密
——对诗的爱
永远作为第一次

这里只有一种原则
——永远忠于诗本身
而非其他什么

150
而光荣也只有一种
——在历史留下
你的诗人之名的同时
也留下了你的作品

——哪怕只是
短短的一首

151
独立
自由
虔敬

还有健康!

——只有健康的
诗人,才足以在
沉入历史的
深处时,仍发出
自信而优雅的微笑

152
出而入之
静而狂之

持平常心
作平常人
写不平常的诗

无心以出岫
天地一沙鸥

153
而憔悴之后
便不再憔悴
纯粹成一泓秋水

——此后,你
在所有的日子里
向所有的虚空
随意伸出手去

都会碰响一片
奇异而真实的
诗意的轰鸣!

154
诗是弱者的
深呼吸

那隐秘的
自尊和骄傲

没钱也直着腰

155
诗是孤独的
老情人

无须苦寻
转身处,便有
不期而遇的拥抱

156
诗是离乡人
轻轻的口哨

一种自我安抚的
小动作,说不上
必要不必要

157
诗是偷闲者
淡淡的下午茶

喝的人

各喝各的味道

不喝的人
忙别的什么事去了

158
诗，是于时代暗处
发光的萤火虫

提着一盏
只照亮自己的
小灯笼

在荒荒的
野地里跑
不为什么地跑

159
诗，是在
红尘之外
烂漫着的蒲公英

无风的午后
被那个
为成熟走失
为记忆唤醒

的孩子
高高举着

不为什么地举着……

160
诗，镀金时代
的私人邮件

诗，物质暗夜
的精神闪电

161
纯洁与隔离
水的两种功能

隔离与纯洁
诗的两种作用

纯洁什么
隔离什么

水不说
诗也不说

162
水在水之外活着
山在山的内心活着

诗在哪活着?

——生命厌倦时
一点最后的眷顾

云在风之外
如此安详地说

163
"看过日落后
眼睛何用"?

——悬崖边的禅坐

汉语的风骨
汉诗的秘响

164
在翻译体的
曲折之外
现代汉诗
是否可以另创一种

简劲的体格?

内化现代
外师古典
通合中西
重构传统

165
好诗如菊
秋意本天成

淡然无极
而众美从之

空依傍
任神行

166
不是刻意寻觅的
什么境界
而是于淡泊超然中
呈现一派
无奇的绚烂

净空生辉
君子自香

167
……高贵的消极
消极的"高桂"

是的,是桂花的"桂"
那一种洗心润肺的香呵
那一种寂寞八月的
迟暮与野逸

云深不知处
诗心比月齐

168
最初的惊奇

以及,孩子般
睁大的眼睛
且以平常心认领

便有了那些
分行的文字
让你安妥了一段
不知所云的灵魂

169
缩小物的世界

放大心的宇宙

在诗的重构中
——那一片
不能耕种的峭岩
——那一片
不求回答的蓝天
寻生命的大自由

最高的一致与和谐！

170
或许，自由
也是一种累

像雪一样的累
却是美丽的累

瞬间的飘逸中
找回飞翔的感觉
并独自领略
人生与自然
那一层
隐秘而原初的
诗意的呼吸

171

没有谁能够
回到过去
也没有谁
只活在当下

黎明
黄昏
正午只是一瞬

只有记忆
久久挽留
黎明的憧憬

只有灵魂
默默预领
黄昏的素宁

而生命依然期待着
另一种生命的诞生

172

不知诗
无以言

夕阳

薄暮

苦无葬心之地!

173
这个世界
连上帝也疲倦了

——将原本
该他干的活
交给了诗神……

174
头上的星空
脚下的大地
心中的山川丘壑

"那无限空间的
永久沉默
让我恐惧"

于是有诗
有"思"与"诗"
的灵魂——
使肉身成道
与天地共生

175
预期的晚祷
向晚愈明的仰瞻

因悲悯而宽宏
因旷达而淡定

铁的沉着
月的澄明

守势不妄
归根曰静

176
人在世外
独行远

梦于诗中
偏飞高

众鸟中的一鸟
可是青鸟？

群花中的一花
可是梅花？

177

诗,是人类
所独自拥有的
另一种目光——

在人世之外
在自然之外
在实在和虚拟的
生活之外
照亮另一片风景

如另一只手
伸向你
伸向所有的人类
永不收回!

178

融冰的过程
化苦难
为歌吟的过程

——你知道
你不仅是你自己

你是阳光
也是风雨

你是时代颜面下
忧郁而深刻的
诗的印记……

179
在生命初稿中
在作为最初的
旅行者的足迹中
找回一颗
失落已久的童心
和孕育那颗童心的
乡土家园——

复生的诗意
还乡的诗意

180
将我的生命
融入诗的生命

将诗的生命
融入我的生命

超越自然
又回返自然

超越生命
又回返生命

既是源于
生活与生命的创造

又是生活与生命的
存在方式

181
诗是我们生命
内在的方向

这方向不能
改变我们的命运

却能校正我们
看待命运的眼光

182
水，总是在
水流的上游活着——

原生态的生存体验
原发性的生命体验

原创性的语言体验

——诗,总是在
诗的本源里活着

183
在解密后的
现代喧嚣中
找回古歌中的
天地之心

在游戏化的
语言狂欢中
找回仪式化的
诗美之光

184
青铜之音
纯净而高迈

青草之色
朴茂而辽阔

——风和云
在蓝天的
更高处

相拥而歌

185
通神而明
元一自丰

在诗的瞻望
和呼吸中

连野草的气息
也有了
岩石的力量

186
精神的家园
灵魂的故乡

诗心连世界
亲情待万物

与物为春
岁月静朗

187
洗心恒沙
半盏茶

印月清流
一行诗

繁过
荣过
浮华过

且听取
诗语如梦

188
人生如旅
诗若印

长亭
短亭

唯记忆与尊严
或可为
过客的遗产?!

189
你,不是你的归宿
——你也不是
任何人与事的归宿

唯记忆
与尊严
之诗
如印
如旅

却顾所来径
苍苍横翠微

190
上帝说要有光
于是就有了光
——自然的上帝

诗是光的使者

191
祖先说要有诗
于是就有了诗
——汉语的祖先

诗是汉语的灵魂

192
我看不见上帝

可我认识诗

我便和上帝的心
在一起跳动

193
我没见过祖先
可我认识诗

我便和祖先拥有
共同的灵魂

194
佛祖说——
发出
你自己的光

上帝说——
写出
你自己的诗

195
无核之云

他来了
他停下

他走了

——善待
这些时刻
善待这些
向内开的花

诗酒趁年华！

196
人皆有呼吸
因造化有节奏
音乐和诗生生

光的生命
诗的生命

在无限空间的
永久沉默中——

兀自瞬间绽放
在在遗韵长存！

197
找不到家的人们
——就去写诗吧

看不到星星的人们
——就去读诗吧

198
让世界听到
每一颗心灵的声音
——诗的声音

人类会变得
更加真实而年轻

199
空气收留了一切
是谓"大气"!

如上帝之无言
任由人世东拉西扯

——我们都是
借住者,唯
诗意之栖居
方得一时之永生!

200
此刻——谁

没有经过洗礼
谁就没有归宿

——诗的洗礼
自由
孤独
还有……爱

诗意如灯
天心回家

2002 年起断续撰写留记
2011 年初步整理成稿
2016 年增补修订结集
2019 年校勘编修定稿

辑二

永久的风景
——读卞之琳《断章》

现代诗人卞之琳的代表作《断章》,是中国新诗史上的一首名诗,两节四行,独步百年,至今读来仍让人眼为之一亮,心为之一动,激发新的美感与哲思,不失经典魅力。是以,一直被评论家誉为"永久在读者心头重生"的佳作。

原诗抄录于下:

你站在桥上看风景,
看风景的人在楼上看你。

明月装饰了你的窗子,
你装饰了别人的梦。

读《断章》，猛一下可能有些"绕人"，尤其诗中的那四个"你"字，所指为何，相互间是什么关系，是个关键所在。

这里需先弄清楚诗中写了哪些人和事。

依序排列，应是"你"、"桥"、"风景"、"人"、"楼"、"明月"、"窗子"、"梦"。这些人、事，被诗人用类似电影中的蒙太奇手法，剪辑编织进四行诗里，在相互关联与转换中，依稀构成下面这样的情景画面——

一个游人（偶然到此的过客或天涯沦落的游子，当是男子）即"你"之1，来到一个陌生地（进入画面），"站在桥上"看眼前的"风景"（"风景"之1），而此时，被游人作"风景"看的风景中，也有一个"看风景的人"（"风景"之2）"在楼上"（游人眼中的"楼上"）"看你"。这里的"你"（"你"之2）指的还是那个游人——"站在桥上看风景的人"，而"在楼上"另一个"看风景的人"，想来应该是个女子（那"楼"是青楼还是绣楼还是阁楼，倒无所谓的）。二者互看，各是看者，又是被看者；各是看风景的人，又是被作为风景来看的人。

由此引出三、四两行即第二节诗中的感怀："明月装饰了你的窗子/你装饰了别人的梦。"

这里的前一个"你"（"你"之3），当是那个"在楼上"的人儿了，此时已由"看风景的人"转而为明月临窗而望月思人的人。后一个"你"（"你"之4）的所指，则需多一些想象。其一，可理解为"你"之3，即被"明月""装饰了""窗子"的楼上的女子，那眺月临窗的情影，不正好成为"你"之1、2即那桥上的游子梦中的景致？其二，亦可进而理解为既指楼上的女子"装饰"了游子的"梦"，也指桥上的游子同时也"装饰了""楼上"人儿的"梦"，所谓同是寻梦者，而互为画中人。

当然，画外还有一个人，那便是诗作者本人，那个描绘这幅画面、感怀这种情景的人，他虽未实际进入诗中，只是作了一个客观描、述者，其实细心的读者自可体味到，字里行间处处皆有作者的心境所在——他成了最终的"看风景的人"，诗中的人和事，看者和被看者，皆化为另一片风景——可证之人生、诉之灵魂的精神镜像，邀约每一个看者，在这片风景中，重新审视如梦的人世，人世中的那个"你"。

将一首小诗作如此啰唆的解说，显得很别扭。实则有心的读者只需按《断章》中的布局画一幅简单的示意图，便可将看似绕人的诗句，变为明晰的情景，至于对这情景的理解，自可仁者见仁，智者见智。尽管诗人自己针对大家对《断章》的理解多有歧义，曾作解说道："我的意思着重在'相对'上"。（卞之琳·《关于〈鱼目集〉》）但这只是诗人形而上的思考，创作的触发点，具体为诗，作者并未将这种内在的思想硬核强行植入，而是化为一道简约、隽永并富有象征意味的"风景"与"情景"，引人遐想，发人深思。

正因为如此，创作于1935年的《断章》一诗，方能穿越半个多世纪的时空，不断吸引着新的读者和研究者，并产生常在常新的诗歌审美经验。

孤绝之美
——读洛夫小诗《诗的葬礼》

诗的品质不同,阅读的感受也自不同。都是好诗,好法却不一样。有的读来如春风拂面,一时美好,过后则无着落;有的读来如惊鸿一瞥,印象深刻,记忆却并不久远。最难得者,是那种读时惊心,读后牵心,隔长隔短,什么时候想起什么时候依然动心的诗作,即或背不出原句,也能清晰地回放其中的意象与情景,且不断与之共鸣而不能释怀。

这样的诗,必然有其不同凡响的独到之处,从而或豁然开启了一扇久觅不得的经验之门(包括人生经验和审美经验),或猛然刺中了一处久痒而不得其解的体验之穴(包括语言体验和精神体验),是以痛快,是以过瘾,是谓孤绝之美!

孤者独出:异想奇思,至无人至之境;绝者个在:想往绝处想,说往绝处说,语不惊人死不休。洛夫小诗《诗的葬礼》,便是这样一首尽得孤绝之美的佳作——

> 把一首
> 在抽屉里锁了三十年的情诗
> 投入火中
>
> 字
> 被烧得吱吱大叫
> 灰烬一言不发
> 它相信
> 总有一天
> 那人将在风中读到

　　全诗仅九行 48 个字。论字面，无一生涩处；论结构，说话似地一顺溜写下来，没什么特别的构思；论内容，就一件事：烧情诗。可就这么读下来，却有惊心动魄之感，也被烧着灼伤了似的，有一种痛的打击，打击后发自深心的追思与认同。

　　既是情诗，必被情感所浸透，30 年带血带肉扯心扯肝的情感，一朝了断，焚而烧之，怎能不痛得"吱吱大叫"。烧情诗的人没痛没叫，偏说情诗上的字在叫；想来这些字平日活在情诗中，得情意绵绵而润，得心血深深而养，如此润了养了活了 30 年，活成另一种生命，怎能轻易死去？!——是以要"叫"。

　　情诗的主人虽沉默着，只管烧，但心却没死，如灰烬般执着于一个期许：封存 30 年的这首情诗，即使烧成灰，"那人"也"将在风中读到"！

　　字在火中死去，灰待风来再生；火是现实，字是肉身；风是命运，灰是信念。生者生，死者死，不熄不灭的，是亘古不变的一个"情"字——诗人在这里叹咏的,正是情诗主人的那份执着;至于已成灰烬的那首诗,"那人"是否真的能在风中读到,已是其次了。

这首小诗,起得平顺,结得精妙,中间承上启下一个惊人意象"字被烧得吱吱大叫",活跃全局而得其朗照,方显得"灰烬"与"风"的结尾既顺乎自然又意味深长。

从立意而言,本属平常题材,关键是洛夫老到,惯于平常处下手,出不平常之思路之语感,得绝处逢生、险中求胜之功。其实孤绝之美,并不在语感的特异,而在人格的独立、心境的超拔,所谓说得绝是因为想得绝。

试读洛夫另一首小诗佳作《昙花》——

反正很短
又何苦来这么一趟
昙花自语,在阳台上,在飞机失事的下午

很快它又回到深山去了
继续思考
如何再短一点

便可见得诗人的这份孤绝,并非偶尔所至,实已为融入人格、化入心境的生命体验了。

回头再品《诗的葬礼》之题,忽而想到,值此世人弃诗不顾、掉头别恋而诗运式微之时,为诗人者,若都能如行此"葬礼"的情诗主人那般孤绝与坚卓,或许方能救诗之再生?

其实此诗是可以作此种以及别的多种读解的,读者不妨自行试之。

王者之鹰
——读洛夫《危崖上蹲着一只独与天地精神往来的鹰》

危机从来就埋得很深

崖高万丈

上帝路过时偶尔也会

蹲在这里俯视诸邦——在焚城的火中崩溃

有些历史是鼻涕与泪水的混合物

一阵天风把亘古的岑寂吹成

只身闯入云端不知所终的风筝

独有它

与

天使共舞之后,奋力抓起

地球向太空掷去

精确地命中我心中的另一星球

神迹般暧昧的存在
往往比传言还难以揣测
来吧！请数一数断壁上深陷的爪痕
的的确确
鹰，乃一孤独的王者

诗的题目较长，在于这是一首"隐题诗"。

"隐题诗"是洛夫的发明，并出版有《隐题诗》专集，在90年代初的两岸诗界曾引起一阵不大不小的惊异。尽管各种缘由所致，此一"诗学事件"未得以更深广的研讨，但只要新诗的形式问题依然是个"问题"，就有洛夫的"隐题诗"作为此一"问题"的参照价值而存在。窃以为，这一基于对汉诗语言特质的创造性探究而生发的诗体实验，迟早还会被人们重新关注，复生新的意义。

洛夫对他的这项"专利"，做过这样一个简略解释：标题本身是一句诗，或一首诗，而每个字都隐藏在诗内，若非读者细心，很难发现其中的玄机。

《危崖上蹲有一只独与天地精神往来的鹰》一诗的标题，显然是一句不错的诗：意象突兀，气势逼人，一下子就打开了一种强烈的诗性境界，与整首诗形成既独立存在又相互指涉映照的审美效应。妙在17个字作为全诗17行打头起首的字隐入诗中后，全然不显牵强，如酒曲入酒，浑然一体，可见诗人的语言造诣之深。

如此展开，因"行行受制"，诗句间字面的跨跳就不免要大些，弄不好就会造成意蕴的断裂，或生涩与散乱。此诗却有一气呵成之势，语断意连，内息浑整而意象纷呈，可谓由限制中争得自由，由促迫中尽显潇洒，且因"限制"和"促迫"，更平生几分语感的奇崛、意境的曲折婉转以及意外的节奏感。

诗不长，分量却很重。

起首一句"危机从来就埋得很深"，有点突如其来，但与全诗照应着去看，自会解其来路何在——在那只"独与天地精神往来的鹰"的眼中，人类生存的各种危机，无论是内在精神还是外在生态，始终是一个潜在的、未能很好解决的问题，如此劈头提出，意在衬托出这只"鹰"的孤绝与超迈的风姿，及其洞察时世的清醒目光。二、三、四句借"上帝"的无奈，揭示"历史"的无常，啼笑皆非中，人世间留下的更多只是"鼻涕与泪水的混合物"。这里暗合"上帝死了"之西方理念，现代人类的精神家园已成乌有之乡、"危崖"之所，孤寂与漂泊成了不得不的归宿，是以"一阵天风把亘古的岑寂吹成／只身闯入云端不知所终的风筝"。

至此，前七句可算全诗的上阕，为"王者"之"鹰"的出场作背景烘托，同时也自成理路，为我们勾画了一幅纷乱莫测、危机四伏、"诸邦"（精神家园之邦）"崩溃"无归路的世纪末乱象，极具现代意味。

从第八行起转入下阕。"独有它"三字一行，承上启下，语气短促，而声势夺人。"它"即那只"独与天地精神往来的"超现实的"鹰"，是诗人主体精神的投射，也是融诗人与哲人、愤世者与创世者为一体的"超人"之化身。"它"与"天使共舞之后"（这里的"天使"当作"理想"之解），更不满现实之困厄，竟"奋力抓起／地球向太空掷去"，意欲使其脱离现有的运行轨道，去"命中我心中的另一星球"——这"星球"自是诗人理想中的精神家园了，但诗人依然心揣悬疑：即或如此，仍有几分"暧昧的存在"意味，"比传言还难以揣测"。

到了，只有这充满独立之人格、自由之思想、超迈之情怀的创世精神是真实存在的，且让这只"鹰"永不得安宁，于孤独苍凉之景况中坚持着奋争与追求，从而在"危崖"之"断壁"上，不断留下"深陷的爪痕"，让世人惊悚："的的确确/鹰，乃一孤独的王者！"

古今中外诗歌中写鹰者不少，但像洛夫这样写出如此"王者"气象的，实在不多见。其实上述理解，也只是循字句浅识，若浑然读去，会更为其恢宏的气势、奇崛的意境所慑服。尤其以如此凝重而又深沉的题旨，却舒展于极为严谨而苛刻的"隐题"诗体之中，实在让人叹服诗人的语言技艺，确已至化境，为现代汉诗中难得的异品佳作。

刹那见终古
——读洛夫《未寄》

昨夜
好像有人叩门
院子的落叶何事喧哗
我把它们全都扫进了
一只透明的塑料口袋
秋，在其中蠕蠕而动
一只知更鸟衔着一匹艾草
打从窗口飞过
这时才知道你是多么向往灰尘的寂寞
写好的信也不必寄了
因为我刚听到
深山中一堆骸骨轰然碎裂的声音。

1999年秋，洛夫将他最新一部诗集定名为《雪落无声》，交由尔雅出版社出版，《未寄》即是其中的一首。

诗人在自序中解释选择"雪落无声"作书名时说："因为我很喜欢这个意象，它所呈现的是将我个人的心境和自然景象融为一体的那种境界，一种由无边无际的静谧和孤独所浑成的宇宙情怀……"

此时的洛夫，二度放逐（这次是自我放逐），寄身加拿大，亦客亦主，孤居理气，襟抱超然。落于创作，也由加法变为减法，神澄笔逸，字里行间，尽是繁华散尽后，清明岁月中的自在呼吸和本真写意。无论本事还是寄寓，都形踪空寥，淡然如烟，看似清水白石，却又禅机四伏，体现一种超越时世、与天地万物和谐共生的淡远情怀。

《未寄》一诗，即为上述心境的点睛之作，写于诗人1996年移民北美后的第一个秋天。全诗仅12行三小节，以叙事为骨，稍作意象点化，极为空疏清简而又寄寓深远。

起首两句一小节，起笔就平中见峭，自设其惑："昨夜/好像有人叩门。"一词"好像"，化事象为意象，平生悬揣意味。静极思动，远在他乡作故乡，思乡情更切，是以生盼生寄，有人无人，那一扇心门，总在秋夜中待"叩"的，而亦主亦客的漂泊心境，便一下子浓浓漫溢于这待寄的秋夜中了。

因心动而幻听，实则并无人叩门。

此时，想静下来也静不了了，是以错怪"院子里的落叶何事喧哗"，依然是自设其惑。遂找个排遣的借口，将一院落叶之"喧哗""全都扫进""一只透明的塑料口袋"（在秋天，连塑料袋也清明得"透明"了），未料却落得整个的"秋"，都"蠕蠕而动"起来。此第二节四句，是写实也是写意，亦真亦幻而近庄近禅；借扫秋叶而理秋心，求静而获动，看是平常事，却于悖谬中见机锋。而以落叶入袋转喻为秋之蠕动，又何其自然贴切，生动得让人叫绝！

诗转第三节，又是一动："一只知更鸟衔着一匹艾草/打从窗口飞过"（为什么是"艾草"？屈子、端阳、一年一度的台湾诗人节等等，这"匹"草可谓负载不少文化乡愁），先前是心动，此时是眼动；远走他乡，本为着忘却为着清静为着孤寂中的那种淡远与超然，不料人愈远心愈近，境愈静思愈动，依旧是"感时花溅泪，恨别鸟惊心"之况味。由此诗人顺笔落下一声叹息："这时才知道你是多向往灰尘的寂寞"——这是正话反说，看似刻意求静，实则人非尘土，反衬出那动的必然动的深切与无奈。

诗的结尾从院中又回到屋内，经由心动（疑人叩门）、叶动、鸟动之后，诗人颇有点"此情难与君说"的困惑，是以连"写好的信也不必寄了"。这"信"，自是远寄文化故土的信了，"剪不断，理还乱"，干脆不理，然而诗人最终给出"未寄"的事由却是"因为我刚听到/深山中一堆骸骨轰然碎裂的声音"，全诗也至此戛然而止，将前面信手拈来轻描淡写的叙事，猛地收束于一个诡异骇人的意象上，使整首诗的意蕴由悬疑而入，经茫然而出，充满歧义。

至于那"深山中一堆骸骨"，到底有何所指，是归于寂灭之虚无，或是向死而生的涅槃？还是不求明解的好，只需惊喜于此一意象的诡异，再回观全诗，自有仁者见仁、智者见智的了悟。

回头解题，"未寄"实是寄了，有如诗中一波三折，处处求静而处处见动，正合了"静了群动"、"空纳万境"的境界，可谓于刹那见终古的典范之作。

就诗质而言，12行"秋词"，清明疏隽，淡然而喜，写得极为干净，还藏着几分戏剧性的意味，让我们再次领略到洛夫诗风特有的语言魅力与诗意感受，且不敢轻视小诗的分量。

另一种玫瑰
——读痖弦《上校》

那纯粹是另一种玫瑰
自火焰中诞生
在荞麦田里他们遇见最大的会战
而他的一条腿诀别于一九四三年
他曾听到过历史和笑

什么是不朽呢
咳嗽药刮脸刀上月房租如此等等
而在妻的缝纫机的零星战斗下
他觉得唯一能俘虏他的
便是太阳

这是台湾著名诗人痖弦的一首小诗名作，写于1960年，先后收录于《深渊》《痖弦诗抄》《痖弦诗集》等诗人自选集，后不断入选两岸各种诗歌选本，也是一首置于百年汉语新诗史中来看，都会让人亮眼惊心的经典杰作。

历史、现实、时代、个人、生存、命运以及战争……这些只有在长篇小说或史诗中，才能全面展现的主题主旨，这些有关文学艺术评价的大词关键词，及其所代表的价值体系，却在一首仅仅十行不足百字的小诗中，得以完美体现——你不得不惊叹：原来现代汉语新诗的写作，也可以获得毫不逊色于古典汉语诗歌那样精练、简约、以一当十的语言品质，和凝重、饱满、超强度的内涵表现力。——是的，这"纯粹是另一种玫瑰"！

意象、口语、抒情、叙事、戏剧性、寓言性、小说企图等等，以及反讽、通感、意识流……这些分散于现代汉诗不同写作路向的诗美要素，却在一首仅仅十行不足百字的小诗中，得以集中展现——你不得不反思：何以这许多在后来者须经由所谓"实验"或"先锋"之苦心探求，方可略有斩获的现代诗性，却在40多年前的1960年就已有典范式的呈现了呢？

百年新诗，佳作如云，唯人物诗最是薄弱，也最为难写。痖弦的《上校》至今依然是高标独树，无人超越。

《上校》是一首抒情诗，也是一首精短的叙事诗，由此还可以作为一篇极短篇小说来看待——两个人物：主人公是随军去了台湾的国民党退役军官"上校"，老迈，残疾，暮年余生，靠回忆支撑生命的苟活；配角是"上校"的妻子，居家陪伴曾经的抗战老兵安度晚年。情节不多：一个场景，两个时空，三个"特写镜头"——守残养老在家的"上校"，晒着太阳，想着心事，一边是妻子为贴补家用正在做缝纫机活，缝纫机发出的"嗒嗒"声，引发上校对枪声的联想，迷离中回忆起1943年在荞麦田里，与日寇那场最大的会战，而他的一条腿，正是在这场会战中被炮火炸飞……血光飞溅如火焰中绽开的玫瑰的那个时刻，永远定格在了抗战勇士的脑海中，成为一生难忘的生命"节点"。时空转换，现实中的"老兵"，已是一个身残气短，为"咳嗽药"、"刮脸刀"、"上月房租"以及"如此等等"俗务琐事所淹没的苟活者，遂想到命运何以莫测的问题、生命何以"不朽"的问题——最终的感悟是：只有那不归属于任何时代的太阳，能给残破的晚年一点温暖的慰藉！

此诗将"上校"的生命"节点"置于两个特殊历史时空：一是作为抗战英雄形象背景的1943年的中原大地；一是作为壮士暮年苟活形象背景的1960年代之台湾"客居"。历史的吊诡在于，经历了1943年流血牺牲的抗战老兵们，却因后来的第二次国共内战而随军流落台湾，从此骨肉分离，隔海望乡，由青丝而白发，"乡愁"绵绵无归路。许多老兵未熬到两岸开禁探亲便长眠异乡，苟活者也只能是反认他乡作故乡，身心分离无绝期，从而成为20世纪中华民族另一惨痛的内伤，至今也未能愈合。

以此历史时空的穿越作为宏深背景，使得一首短短的小诗便有了史诗般的分量。

此诗分量之重，其一在于将历史感有机地熔融于生命体验与生存意识之中，并在两种时空的叠加并置下，高度凝练而又极为深刻地凸显人物的悲剧命运，进而上升为对历史中的人生与人生的历史之终极性的叩问："什么是不朽呢？"；其二在于以意象思维的精妙，润化叙事性结构和叙述性语式的枯燥，看似句句在说事，却又处处暗藏隐喻与象征——"玫瑰"之与"一条腿诀别"时的血光感受；"荞麦田"之与北方故国家园；"缝纫机"声与"零星战斗"之巧妙而又恰切的通感；历史场景中的"火焰"与天天照样升起的庸常的"太阳"之荒谬的置换等。

尤其那一句"他曾听到过历史和笑",看似明白,细想则觉诡秘而颇生歧义、耐人寻味。加上全诗对人物背景、具体事件、历史与现实的虚化处理,以及如电影蒙太奇手法的精心剪辑,使一个具体的现实人物之人生记忆,上升为一个带有超现实意味的历史事件、生命事件,从而让一切有着历史之痛与生命之痒的人们,都能在此诗中得以深切的共鸣和永恒的鉴照。

一首《上校》,百年经典——经典的选材、经典的构思、经典的细节、经典的剪辑、经典的节奏,而成为人物诗的经典、叙事诗的经典、小诗的经典、史诗的经典、现代诗的经典——也成为20世纪中国记忆中,一段有关民族之痛和家国之惑的经典写照。

何谓经典?《上校》作了回答:"用最少字数表现最大内涵;以有限表无限"。(痖弦语)

何以经典?《上校》证明:不仅在于什么修词策略,关键是,作为一个真正的诗人,他是否曾听到过"历史和笑"!

写下这首经典之作的诗人痖弦,1932年出生于河南南阳一个农民家庭,后随军去了台湾。在台服役期间便暗自从事诗歌写作,作为心灵密地和"回家的路",以求精神返乡、归宗认祖。同时还与台湾另两位著名诗人洛夫和张默一起,创办了在百年汉语新诗史中,占有重要地位的《创世纪》诗刊。

痖弦当年倾力于诗歌创作仅十余年时间,却在台湾诗坛刮起大面积覆盖的"痖弦风",之后便停笔至今,仅以不足90首数量雄视半个多世纪而享誉不衰,影响几代诗人,成为两岸以及世界华文文学中一个传奇人物,其诗歌历程和诗人形象,本身就是一首足以代表那个年代之台湾诗人族群心灵史和精神史的经典之作。

澄明之境中的月光浴
——读王小妮诗《月光白得很》

月亮在深夜照出了一切的骨头。

我呼进了青白的气息。
人间的琐碎皮毛
变成下坠的萤火虫。
城市是一具死去的骨架。

没有哪个生命
配得上这样纯的夜色。
打开窗帘
天地正在眼前交接白银
月光使我忘记我是一个人。

>生命的最后一幕
>
>在一片素色里静静地彩排。
>
>月光来到地板上
>
>我的两只脚已经预先白了

千古一月，诗的月，歌的月，非自信的后来者，不敢轻易对那片最朴素而又最深沉的月光作诗的言说。

过于的"流通"，使命名的初夜作古于遥远的记忆，触目可及的，只是观念的投影或尘嚣的飞扬。王小妮一句"月亮在深夜照出了一切的骨头"，顿使人抖落一生（也包括一身）的烦腻，剔肉还骨，唯一片空明，如沐如浴，令饮者（月之饮者）醉！

"骨头"是存在的真，非直面而彻悟者，难得想到用此词去呼应"月亮"。物质的暗夜，我们在白昼失明；"白银"的"天地"，我们在"深夜"清醒。"月光使我忘记我是一个人"，忘记作为类的平均数的我、非我之我，而"人间的琐碎皮毛/变成下坠的萤火虫"，独一份澄明的心境令"人"沉醉。

只是诗人更有另一种孤绝的立场，抚月发问、临境而叹："没有哪个生命/配得上这样纯的夜色"，并代造物主感慨："城市是一具死去的骨架"！

强烈的现代意识于此峭然而出，与千古之月默默对质。"月是故乡明"，"故乡"何在？只有"生命的最后一幕/在一片素色里静静地彩排"。"彩排"一词用意颇深，悬疑意味中难觅旨归，且"静静地"，透一息诡异的凄清、料峭的顿悟。

诗至结尾两行，方透露一点女诗人的气息。男士对月，多头重脚轻（写诗亦如此），难得本质行走。小妮守住真实的细节，淡淡道出："月光来到地板上/我的两只脚已经预先白了"。是实写，尤是高妙的虚写：承恩，感恩，是自然（上帝？）的呼吸使我们重获呼吸的自然，与澄明有约的一颗灵魂，在月光照拂之前，已预先将自己洗白了……

全诗四节十四行，无一字生涩，无一词不素，低调、本色、从容，质朴中得空灵。

唯一瑕疵，第二句"我呼进了青白的气息"中的"了"字，似嫌多余。无"了"，"呼进"便成为现在进行式的情景，成为浸漫而弥散的悬疑状态，有更大的空间感和更真切的体味。一"了"，便真的了了，闭锁了更多联想的可能，所谓坐实了些。此诗迹近天成，但越是如此得来的诗，越要持一份警惕，去更为精心地推敲修改而使之臻于完美。

另外，读这首诗，慧眼者更可在字里行间品味到一种特别清朗与优雅的写作心态。素心人写素色诗，朴素之美，美在人真，此诗可证。

回头看，连诗题都素得让人稀罕，一下子便记住了——了悟创造原是不造（造作），对千古之月，怎么说，都不如这样说好：真的，"月光白得很"！

阳光礼孩的阳光浴
——读黄礼孩《窗下》

这里刚下过一场雪
仿佛人间的爱都落在低处

你坐在窗下
窗子被阳光突然撞响
多么干脆的阳光呀
仿佛你一生不可多得的喜悦

光线在你思想中
越来越稀薄　越来越
安静　你像一个孩子
一无所知地被人深深爱着

好诗的诞生，有时会像植物生长般地不露痕迹，自然天成，一种呈现而非刻意之为。

这样的诗读起来，常有"蓦然回首，那人却在灯火阑珊处"的惊喜，一瞥之下，便亮丽于目，了然于心，无须费神揣摩，就整个儿印刻在了长久的记忆里。且可随时"回放"，不一定记得住每一行的诗句，却有一团明晰的"意会"，可人儿似的浮现脑海，让你再次感念。

礼孩的这首《窗下》，便属此类佳作。

"七零后""八零后"的青年诗人，不管创作取向如何、技艺高低怎样，文本后面的那种阳光心态总是令人心仪。《窗下》十行，句句都像被阳光上手搓洗过一样，透着鲜亮、明净和舒展。

第一节两行，以"雪"的纯洁温润比喻"爱"的温润纯洁，自然贴切。复以"人间"喻指博爱，以"落在低处"指认爱的本质，看似随手指出的一个简单事实，却有了不凡的深意。爱在低处方显真切，人人明白的理，经由这样的说，便如露珠般晶莹剔透，映亮一种新奇的会意。

第二节写雪后的阳光。一词"干脆"堪称绝配——配"阳光"，配"不可多得的喜悦"，没有比"干脆"更恰当的了，却是第一次有人这样说，既通合（意会）又陌生（说法），所谓诗的命名效应，在此得以印证。而以"撞响"一词形容阳光的透亮和不期而至，更是不见心机胜见心机，被阳光"撞响"的那份欣悦之情，满溢了文字内外的所有空间，使一片小小的"窗下"，化为圣迹般的所在。

于是顺延出结尾一节。此时，"窗下"的"你"被过滤成"一个孩子"，在"雪"的淘洗、"阳光"的沐浴中"越来越安静"，只有满心的感恩浸漫开去，并"一无所知地被人深深爱着"。这里的

"人",是人间、人世、人生、仁者,以及被生命照亮的自然。这里的爱是双向的,当诗人说出如孩子般一无所知地被人深深爱着时,他其实更是在说,这阳光般的孩子,正一无所知地深深爱着这个世界。

愤怒出诗人,出峻急之作;安静出诗人,出澄明之作。

其实更多的时候,诗是由混沌走向澄明的精神之旅。当然,这样的精神之旅,需要阳光做伴才行——读阳光礼孩的《窗下》,得安静,得澄明,得素朴之美,如饮一杯纯净水,爽口爽心,爽净一世界的浮躁与烦腻。

且了然,原来诗同人一样,也是可以以本真素朴的行走,而成为永忆的。

清简一苇天地心
——读娜夜《起风了》

起风了　我爱你　芦苇
野茫茫的一片
顺着风

在这遥远的地方　不需要
思想
只需要芦苇
顺着风

野茫茫的一片
像我们的爱　没有内容

读到娜夜的《起风了》之前，我曾在我的记录诗学杂记的小本子上写过这么一段话：在西部做诗人，最犯忌的是矫情，最可笑的是想象。在这里，自然已想象好了一切，天地有最真实的情感，只需认领，无须造作。

娜夜的这首诗，好像是专为这段话作印证的；或者说，我的这点偶发的思考，是专为诠释此诗作准备的。总之，当我打开设计素朴典雅的《娜夜诗选》，一读到《起风了》时，便如识故人，惊喜而又欣慰。

此诗之妙，可用简、淡、空三个字概括。

简：用笔简括，着墨简净，形式简约，题旨简明，简到极致，却生丰富；

淡：淡淡的语词，淡淡的意绪，淡淡的一缕清愁，淡淡的一声叹咏，淡影疏雾，细雨微风，不着张扬，却得至味；

空：语境空疏，意韵空漠，空而明，平而远，以空计实，大音希声，留白之处，有烟云生，有风情在，有精神浸漫而言外之意弥散矣。

全诗仅九行50余字，其中两行还是重复使用。就这，诗面上也没多说什么，只是寥寥数笔，将我们在北方、在西部、日常见惯的"野茫茫的一片""顺着风"在着（此处不宜用别的什么词）的"芦苇"描绘了一下，顺便平平实实地说了两句类似感言的话，便戛然收笔，有如中国水墨画中的大写意，一笔细含大千，诗意尽在诗句之无处，不在有处。

这里的关键在于，如此有限的寥寥数笔，是否笔笔生力，搭在关节处，同时构成统一和谐的特定之语境，足以引发可能的联想和无尽的暗涵，而得言近旨远、空纳万境之妙。

这是就形式美感而言，诗面上的说法。

其实这首诗最终让人感念不已的，还在其内在的蕴藉：于无中生有中，精准传神地透显出"在这遥远的地方"，人与自然、人与存在、人与命运那一种不得不的认领与认同，以及由此而生的那一缕淡淡的清愁、那一声淡淡的叹咏——一句"像我们的爱没有内容"，已尽见天地之心，尽得西部诗魂的真性情。

只是，要怎样的心境，才能认领这一份简、这一份淡、这一份空呢？

我只能想到"气质"使然。

相比之下，我们有太多的诗人说了太多的废话或呓语，忘记了用最少的语词和尽量简单的形式改写世界的人，才是好诗人。

"说事"与写诗或借题发挥
——读于坚《塑料袋》

一只塑料袋从天空里降下来
像是末日的先兆　把我吓了一跳
怎么会出现在那儿　光明的街区
一向住的是　老鹰　月亮　星星
云朵　仙女　喷泉　和诗歌的水晶鞋
它的出身地是一家化工单位
流水线上　没有命的卵子　父亲
是一只玻璃试管　高温下成形
并不要求有多少能耐　不指望
攀什么高枝　售价两毛钱　提拎
一公斤左右的物品　不会通洞
就够了　不是坠着谁的手　鼓囊囊地

垂向超级市场的出口　而是轻飘飘的
像是避孕成功　从春色无边的天空
淫荡地落下来　世事难料　工厂
一直按照最优秀的方案生产它
质量监督车间　层层把关　却没有
通通成为性能合格的　袋子
至少有一个孽种　成功地
越狱　变成了工程师做梦也
想不到的那种轻　它不是天使
我也不能叫它羽毛　但它确实有
轻若鸿毛的工夫　瞧
还没有落到地面　透明耀眼的
小妖精又　装满了好风　飞起来了
比那些被孩子们　渴望着天天向上的心
牢牢拴住的风筝　还要高些
甚至比自己会飞的生灵们
还呆得长久　因为被设计成
不会死的　只要风力一合适
它就直上青云

一只塑料袋，最无"诗意"的物事，却成了诗人笔下的一个活物，一个戏剧性的角色和一个意味深长的精灵。

它使我们想到梵高所画的那双著名的皮鞋，由惯常的视而不见中突兀在读者的眼前，呈现（或暴露）出那样丰富的肌理，陌生而又令人惊奇的肌理，以及隐约的情节、可能的意义，并由此改变了我们对事物的观察与体味。

"艺术是对客体的艺术性的体验方式，客体本身并不重要"。希克洛夫斯基在其著作《以艺术作为技巧》中的这句话，在于坚对一只塑料袋的描述中，得到出色而恰切的印证。

熟悉于坚的读者都会发现，这位诗人的笔头，似乎多了一种功能：能将一切干巴巴的物事写活，且活出别样的诗性、诗味和诗的意义来。

这种功能的具体体现，其一是对"细节"的把握，进而纳入戏剧化的组织中；其二是对"比喻"这一传统修辞法的高妙运用，使其看似琐碎繁冗的描述变得润展性感起来。靠了这种本事，于坚就能将最乏味的铺叙变成活色生香的"电影诗"或诗化的"摄影作品"。

读《塑料袋》，如读（欣赏）一部动画片，或可叫作有动画意味的纪录片。跟着那只"成功地越狱"而"飞起来了"的"小妖精"，那只塑料袋中的"孽种"东游西逛一趟，你会渐渐忘了追问这"孽种"何以如此存在，而只是对这一"存在"本身的具体过程，那些角色的转换，情节的变化，以及种种行迹描述中的特别语感，语感中渗透出的言外之意等，发生新奇的兴趣，以至流连忘返。

当然，你最终还是会依循传统的提示回到对"意义"的追问上来，比如会想到"异化"、"荒诞"、"现代性"等诸如此类的大词等，但那已是饱餐后的余兴，几近可有可无。"神秘的不是世界是怎样的，而是它是这样的"（维特根斯坦语）。而在诗人这里，"不是选好一个抽象的主题，然后以具体的细节装饰"（这是传统新诗的"经典"作法）。"相反，他必须建立细节，必须支撑细节，透过细节的完成达到文本中的细节所能指向的意义。意义来自于细节，而不是强加于细节"。（布鲁克斯语）

由此再一次证明：写什么永远是次要的，怎样写，写的技艺的高低，才是区别优秀诗人及优秀作品与平庸诗人及平庸作品的关键所在。

同是"说事"（所谓"叙事"），于坚将最不值说的事"说"成了诗，明白如话中平生许多趣味。而多少热衷"叙事"与"口语"的诗人们，却真的成了"诗到说事为止"，此中差别，不妨以《塑料袋》作一鉴照，或可稍有反省。

就诗论诗，此诗似无须过多阐释，只需欣赏就是。借题发挥，说点题外话，也算一种读法。

寻常翻出新意来
——读翟永明《在古代》

在古代　我只能这样
给你写信　并不知道
我们下一次
会在哪里见面

现在　我往你的邮箱
灌满了群星　它们都是五笔字形
它们站起来　为你奔跑
它们停泊在天上的某处
我并不关心

在古代　青山严格地存在

当绿水醉倒在他的脚下

我们只不过抱一抱拳　彼此

就知道后会有期

现在　你在天上飞来飞去

群星满天跑　碰到你就像碰到痛处

它们像无数的补丁　去堵截

一个蓝色屏幕　它们并不歇斯底里

在古代　人们要写多少首诗？

才能变成崂山道士　穿过墙

穿过空气　再穿过一杯竹叶青

抓住你　更多的时候

他们头破血流　倒地不起

现在　你正拨一个手机号码

它发送上万种味道

它灌入了某个人的体香

当某个部位颤抖　全世界都颤抖

在古代　我们并不这样

我们只是并肩策马　走几十里地

当耳环叮当作响　你微微一笑

低头间　我们又走了几十里地

　　在名诗人翟永明的作品中，这大概算是一首比较平常的诗。

不过，让不平常的诗人写平常的诗，又有了些不平常的意味。当然，没有谁"让"诗人作这样的选择，它只是诗人此时此刻进入此一写作状态中的自然分泌物。而"自然"是个好词，对于成名诗人而言，它更属于一种专业风度的标识。

这使我想到唐晓渡在题为《谁是翟永明》一文中所指认的："尽管从一开始就被归入'先锋诗歌'的行列，但翟永明从来不追求表面的'先锋'效果，更不会将其视为某种特权而滥加使用。正像她总是凝神于静观和倾听一样，她也总是专注于语言本身：不仅从其固定陈规的鞭短莫及之处，而且从往往为那些一味'创新'的人们所忽视的、陈规自身的罅隙中发现新的可能性……"（《唐晓渡诗学论集》第228页，中国社会科学出版社2001年版）

由"先锋"而"常态"，以"盛名"而"自然"，似乎正成为翟永明当下诗歌创作的新状态。渊渟岳峙，无招胜有招，一曲《在古代》，将"文化乡愁"式的传统题材翻新得不同寻常，让人始而惊诧，继而会意而欣然认领。

全诗七节，四节写"古代"，三节写"现在"。"现在"即"现代"，不用"现代"用"现在"，一求语感的平实，二显心态的平和。而"现在"一词，就生存本质而言，又含有瞬间即逝、无法在握的虚幻意味。看来此诗立意颇有"怀古"之嫌，实则只在对质，无存褒贬，两处的情景写得都很生动。

写"在古代　青山严格地存在/当绿水醉倒在他的脚下/我们只不过抱一抱拳　彼此/就知道后会有期"，不着修饰，尽得风流。那一脉古意，被再现得精准传神，韵味十足，实实搔在了"古"之痒处。而以一词"严格"，指认"青山""绿水"在古代语境中的文化位格，可谓心领神会之妙笔，看似突兀，实为贴切。

写"现在　你正拨一个手机号码/它发送上万种味道/它灌入

了某个人的体香/当某个部位颤抖　全世界都颤抖",既真实,又虚幻;细节是真实的,感觉是虚幻的,且一概被赋予某种不确切的迷惑与波动(包括另两节写"现在"的情景)。而以"体香"和"味道"与"手机号码"相搭配,以揭示现代人生存的物化、符号化与类型化状态,十分精妙,且无意间显露出女性诗人的诗思之细腻和敏锐。

古代,现在,两处都在写"交流";人与人的交流,人与世界的交流。写古人的交流,用实笔,娓娓道来,煞有其事,越写越真切、越实在。尤其结尾一节:"当耳环叮当作响　你微微一笑/低头间　我们又走了几十里地",其真切曼妙的情态,宛若眼前,令人为之倾倒而心驰神往;写"现在",用虚笔,意象纷呈而所指不明、充满歧义,越写越迷离、越虚幻,以此认证资讯时代的乱象和现代文明的病状。

二者互为镜像,实者(现实)虚,虚者(古代)实,近者远,远者近,两相映照,何为真实鲜活的个人之"诗意的栖居",何为类的平均数之虚拟的存在,已是不言而喻了。

这是诗面上的解读,难免牵强附会。其实此诗真正让人感念的,是诗人灌注于诗行中的那一种优雅的气息和从容的语感,从而将一个普泛的题材写出了特别的情调与风韵。尤其那一份熨贴,显见是渐入化境之辈,方能从心所欲不逾矩的体现。

由此,心仪翟永明的诗爱者,大概可以告慰:读过《在古代》,"就知道后会有期"的了。

向晚的仰瞻
——读王寅《我敬仰作于暮年的诗篇》

我敬仰作于暮年的诗篇
我崇拜黑暗的力量
我热爱那些随风而去的灵魂
和英雄们罪恶的呼吸

等待受戮的皮肤变白了
没有什么能阻挡记忆
正如没有什么可以阻挡
明镜陪伴的余生

每天告别一项内容
飞逝的季节,归途的神经

把老年人培养成温顺的孩子
　　和上帝一起独自飞翔

　　暮年，最后的日子
　　昂贵秋天中的一块丝绢
　　疾风改变了无香的芬芳
　　也改变了悲剧的方向

　　没有谁能够回到过去，也没有谁只活在当下，时间主宰了一切——黎明，黄昏，正午只是一瞬；只有记忆久久挽留着黎明的短促，只有灵魂默默预设着黄昏的散漫——晚钟响了，尽管诗人早已明白，死亡在每一分钟里发生，但生命依然期待着另一种诗性的诞生："每天告别一项内容/飞逝的季节，归途的神经/把老年人培养成温顺的孩子/和上帝一起独自飞翔"。

　　舒缓的节奏，祈祷似的韵律，明净如秋水，沉凝如霜叶；有西方诗质的气韵，大提琴般的低诉，却又那么自然地转换为东方诗质的肌理，如瓷器的内敛，一抹清釉的光晕弥散清芬。一句"把老年人培养成温顺的孩子"，已将澄明的心境和盘托出。如此心境中，一些曾经突兀的语词与事物，开始与命运握手言和："崇拜黑暗的力量"，理解"英雄们罪恶的呼吸"，静静等待"受戮的皮肤变白"，坦然面对"飞逝的季节归途的神经"，任"疾风改变""无香的芬芳"与"悲剧的方向"。

　　这是预领的晚祷，向晚愈明的仰瞻；因悲悯而宽宏，因旷达而淡定。生命是如何展开又如何收拢的，渐渐有了可资永念的明晰轨迹，也正好拿来做"暮年的诗篇"之坚韧的衬里。惯于以水晶反射阳光、以桌面的木纹搅动海水的诗人，在此，以"昂贵秋天中的一块丝绢",来形容"暮年,最后的日子",成为全诗最亮眼的一个意象,深度意象,令人叹赏不已。

这首诗,是王寅新近的作品之一,收入刚出版的《王寅诗选》(花城出版社2005年版)"灰光灯1993—2004"一辑中,算来,该是刚过不惑之年的诗性生命之留影。

王寅在寄我的这本诗集扉页上题签了三行字:"生死依然模糊不清/唯有无言的祈祷/发自内心",恰好可以用来作为此诗题旨的说明,大概也连同这首诗一样,代表了诗人当下的心境。

不少诗人与诗爱者,曾为王寅早期名作中的诗感及语感所迷醉。那种敏锐而又超然、前卫而又内在的气质,以及钻石般的优雅与迷离,在这首诗里依然如故,只是已化为一种无形的质地而显得越发优雅和超然,且多了一份宽展舒放的气象,让我想到里尔克那首著名的《秋日》,不由得要读出声来。

而,能将带有传统咏叹意味的抒情调式,重新发挥得如此丰赡而又凝重,毫无矫饰之嫌,可以推想,诗人真的进入"暮年的诗篇"之创作期后,该有怎样一个值得期待的华年。

与诗有约
——读张枣《预感》

像酒有时预感到黑夜和
它的迷醉者,未来也预感到
我们。她突然扬声问:你敢吗?
虽然轻细的对话已经开始。

我们不能预感永恒,
现实也不能说:现在。
于是,在一间未点灯的房间,
夜便孤立起来,
我们也被十点钟胀满。

但这到底是时日的哪个部件

当我们说：请来临吧！？

有谁便踮足过来。

把浓茶和咖啡

通过轻柔的指尖

放在我们醉态的旁边。

真是你吗？虽然我们预感到了。

但还是忍不住问了一声。

星辉灿烂，在天上。

有约方有预感，方生期盼，方使生命中的某些"时日"，接近"醉态的旁边"。

如此望文生义，不免浅薄，但面对这样一首颇具玄学意味和几近"空筐结构"的诗，大概真的就只能依每位读者"这一个"的直觉与经验，去作各个不同的体味与诠释了。

那么，依照我认定的诠释的路径，首先就得确定：与什么有约？

据说西方文化的根本在于与神有约。这样的"约"，就我们当下的文化语境而言，尚不免高蹈。在我看来，日常中的神性无非就是我们常说到的诗性，就诗人及一切具有诗性生命意识的人与事而言，诗性即神性。与诗有约即与神有约，所谓为天地立心，为生命立言。

下一步需要确定的是：谁在约谁？换一种说法即谁是约者？谁是被约者？或者说是诗在约我，还是我在约诗？

具体到《预感》一诗中，将"有约"置换为"预感"，便可知诗人在此诗中给出的说法是诗（"酒"、"未来"、"她"）在约诗的追寻者("迷醉者"、"我们"),而非诗的追寻者在约诗。这使我们想到另一种流行的说法:是诗在写我,不是我在写诗。我们并非因为有特殊的话题要说,才开启特殊的言说方式,而是因为先有了特殊的语言妙趣的诱惑,方说出那个与之相应的特殊的话题。

由是,这时,"夜便孤立起来","我们也被十点钟胀满",进入一个特殊时空。于此,语言不再被当作人的自然表露,而是作为具有自己法则和自己特殊生命的物质——"酒"和"她",降临我们的身旁,与我们一起"迷醉"而重生。

但凡有过诗歌创作之"深度迷醉"经验的人们,读张枣此诗之三、四两节,大概都会再重新"迷醉"一次。临界,微醺,在创造的边缘"胀满",期待那一种不期而遇的诗意之旅,而且,等真的奇迹降临了,虽然我们已有所"预感",像"未来也预感到""我们"一样,"但还是忍不住问了一声","真是你吗?"此时,诗人已如情人,如世间所有承恩而幸运的人们,抬头抑望,"天上"正是一片"星辉灿烂"!

然而,最终的问题是:面对如此令人迷醉的境地,我们先得回答孕育创化这一境地的那个"她"的发问:"你敢吗?"

是的,你敢醉吗?你敢真的为醉而接受"醉"的难度吗?——写作的难度,生命的难度,真正的真、真正的善、真正的美的难度。张枣在诗的起始便劈头将这一本属于结尾才会产生的问题先行提了出来,实则已在"醉境"的入口设置了一道门槛,一道饮者与浅尝者、亦即真诗人与伪诗人的分界线,由此方有了十分微妙的下一句:"虽然轻细的对话已经开始。"

强行"引入意义"(尼采语),我在张枣编织的玄妙的"筐子"里,放进了我所想到的"水果",将一首《预感》,看作是对神性/诗性生命意识进入临界状态的一次生动的描绘,或者是对诗歌创作之心理机制和精神轨迹的一次精妙的解析。

当然，我也想到过别的诠释路径，比如饮者与饮的命题，或与别的什么有约的命题，但都不如这条路径让我着迷。其实，如果这条路径成立，其他路径自然都可以成立。或者说，如果与诗有约有如此"预感"生发，那么，与别的什么有约所能生发的"预感"，大略也不过如此了。

迷途忘返别样看
——读多多《我读着》

十一月的麦地里我读着我父亲
我读着他的头发
他领带的颜色，他的裤线
还有他的蹄子，被鞋带绊着
一边溜着冰，一边拉着小提琴
阴囊紧缩，颈子因过度的理解伸向天空
我读到我父亲是一匹眼睛大大的马

我读到我父亲曾经短暂地离开过马群
一棵小树上挂着他的外衣
还有他的袜子，还有隐现的马群中
那些苍白的屁股，像剥去肉的

牡蛎壳内盛放的女人洗身的肥皂
我读到我父亲头油的气味
他身上的烟草味
还有他的结核，照亮了一匹马的左肺
我读到一个男孩子的疑问
从一片金色的玉米地里升起
我读到在我懂事的年龄
晾晒壳粒的红房屋顶开始下雨
种麦季节的犁下拖着四条死马的腿
马皮像撑开的伞，还有散于四处的马牙
我读到一张张被时间带走的脸
我读到我父亲的历史在地下静静腐烂
我父亲身上的蝗虫，正独自存在下去

像一个白发理发师搂抱着一株衰老的柿子树
我读到我父亲把我重新放回到一匹马腹中去
当我就要变成伦敦雾中的一条石凳
当我的目光越过在银行大道散步的男人……

　　读多多的这首《我读着》之前，我先又一次通读了收有此诗在内的多多的一部诗集《阿姆斯特丹的河流》（北岳文艺出版社2000年版），包括诗集前黄灿然的代序文。如此郑重其事，主要是迫于多多这首诗的难解，试图通过对其作品整体风格与语境的重温，来找到一点感觉。
　　"令人怵目的现代感性"和"耀眼的超现实主义"，黄灿然的这一指认，概括了多多诗歌美学的基本取向。把握这一取向的同时，还须注意到黄灿然指出的另一个"多多式"的写作策略，即"他把每个句子甚至每一行字作为独立的部分来经营，并且是投入了经营一首诗的精力和带着经营一首诗的苛刻。"这一点似乎对解读多多的诗来说更为关键。新诗受翻译诗歌的影响，多以重篇构而疏于句构、词构，多多于此独行一道，显示了他的语言才能，但在具体的写作中，如何处理好句构与篇构的协调关系，亦即肌理与脉络的和谐构成，其实并非易事。

在多多这里，有些诗，句读也"耀眼"、"怵目"，篇读也清亮、了然，如《春之舞》等名篇，有大体清晰的脉络支撑着肌理的狂欢。而有些诗，则句读的可能与效应大大超过了篇读的可能与效应，肌理的狂欢之后，是对脉络索求的茫然，从而造成整体解读的困难，《我读着》一诗，至少在我个人的阅读感受中，便属于此类。

此诗虽只有28行，却密集了近20个意象，分置于十多个超现实的场景中，且因诗意的大幅度跨跳，或换一种说法，叫散点式播撒，而形成亦真亦幻、迷离扑朔的弥散性语境。加之其背景模糊、时空交错、义涵深隐不明，造成篇读的难度，不易明确聚焦。但若干脆放弃对其脉络的追索，只是被动地沉浸于局部肌理的欣赏，则会有令人心醉神迷的审美感受浸漫开来，为诗中那些夜梦般的意象和晨雾般的意绪所感动。

在这里，经由孩童视觉（心理视觉）的变焦，父亲被"读"成"一匹眼睛大大的马"，"他的蹄子，被鞋带绊着"（很少见过如此个性的绝妙比喻），"颈子因过度的理解伸向天空"。"理解"一词被赋予特别凝重的意涵，暗示着成熟的艰难与困顿。由父亲之马（种马？）到马群（族群？）分延出成熟生命的诸多细节，"外衣"、"头油"、"烟草味"，以及"结核"，以及"父亲曾短暂地离开过马群"这一个体生命的孤独与疏离。"结核"预示着"腐烂"的结局,另一个播种的季节里,"犁下拖着四条死马的腿","父亲的历史在地下静静腐烂",而此时读着父亲长大的孩子,已将自己读成另一段历史,另一种迷惘的目光……

如此被动地读着一个孩子对父亲的"读",却也渐渐读出了一条隐约的脉络之线索:生命、时间、成长的困惑与幻灭感。"我读到一个男孩子的疑问/从一个金色的玉米地里升起"两句,是此诗中一条亮丽的标示,提醒着所有分延开去的诗意之可能的归所。

只是,在这勉为其难地略解二三之后,依然不解诗中结尾段第一行"像一个白发理发师搂抱着一株衰老的柿子树"意在何为?并由此想到一个有关诗歌技艺的问题:诗意的跨跳在何种程度会变为无效?而肌理脱离脉络也可独立欣赏之可能性的边界又何在?

读多多,难,但总能有一些意外的收获,不失为一种尴尬中的快意。

记忆的创伤与创伤的记忆
——读郑单衣《北方日记》

我身上的那些自行车乃去掉了灵魂的
马群呢,在林荫道
人群离地,穿梭,像幽灵在飞……
雾。我们置身在彼此的雾里

伤口再度裂开却不想说话
"说,你说呀!"
六个指头中的那多余的一个指着……

暖气片那排发亮的肋骨,亮得像死
当那群泪汪汪的老人
在我身上举着蜡烛

当那群泪水老人用皮尺去量这个国家
　　我珍藏在日记里的国家……深井晃动
　　雾正弥漫。雾
　　像那不像的……
　　从里面领着我们前往，前往

　　六个指头中那不存在的一个
　　在书写马群
　　沿着河岸不说话的马群驰过
　　天空……停止泛蓝的天空
　　大雁更像那不像的

　　"说，你说呀！"
　　我身上的那群女孩在问自己的伤口

　　当被问及什么是诗时，思想家德里达回答：记忆与灵魂。
　　郑单衣的这首诗，正是有关"记忆"与"灵魂"的书写。
　　一则"日记"，只标明地域，未标明时间。不过，只要是尚未完全失去历史记忆的人们，一旦进入此诗，便会明了，这"日记"定格在怎样的时间维度——时代死了，时间没死；或许连时代的创伤也早死了，关于创伤的记忆却没有死；或许连这创伤的记忆也慢慢死了，但这记忆所分泌出的忧郁却不会死。好像北岛表达过这样的意思：我们的诗歌，始终未能真正企及并写出那份属于我们自己的忧郁。而一切还没有在物质的包裹中彻底干涸的心灵，那些还会常常为"北方"、"大雁"、"泛蓝的天空"一类的语词所激动的心灵，必会不断重临有关"忧郁"的"记忆"。

——这"记忆"，"亮得像死"！

有了这样的背景提示（在当下的语境中，只能是"提示"），诗中那些看似散碎、飘忽、断连无由的意象，便有了一个可凭藉的精神底背与思想维度。

以此来看，"我"即"北方"，"珍藏在日记里的国家"，历史风云与个人天空融合为一的诗性主体。"六个指头中的那多余的一个"、"那不存在的一个"，应该是记忆之书写亦即诗想与言说的指代，超越五个指头的"现实之手"的诗性触角。这个意象特别诡异，在不同的背景设置中，还应有不同的另外的指涉。另一个诡异的意象是"深井晃动"，置于关于创伤的记忆之语义链中，可知它是其深度悸动的链条："伤口再度裂开却不想说话"，只有心底波澜如"深井晃动"。"雾"的意象在多处出现，现实的"雾"与超现实的"雾"，一种迷失或不明确的纷扰；"我们置身在彼此的雾里"，"像幽灵在飞"。实在的生活变为虚幻，"像那不像的"，以至于指代日常的"暖气片"也如同那"发亮的肋骨"，"亮得像死"——现实的"死"与记忆中的"死"，在此互证。而另一个意象突兀而出：一群"泪汪汪的老人""在我身上举着蜡烛"，是祈愿？还是在悼念什么？让我想到周伦佑那首《看一支蜡烛点燃》中的名句："看一支蜡烛点燃，然后熄灭"，"瞬间灿烂之后蜡烛已成灰了/被烛光穿透的事物坚定地黑暗下去"。

如雾一样迷蒙的语境中，"马群"和"伤口"的意象贯穿始终，似乎是一条隐约的连线，却又很难找到明确的定位。从"去掉了灵魂的""自行车""马群"，到被"书写"的"沿着河岸""驰过"的"不说话的马群"，从没有名目的"伤口"，到"那群女孩""自己的伤口"，其间有着怎样的含义转换，真不好妄自猜度。

还有那两次突如其来的:"说,你说呀!"犹如空谷足音,将雾般的语境点染得更加扑朔迷离。

诗,不在于具体说了些什么,而在于所提供的那种特殊的说法,和由这种说法所提供的有意味的特殊语境,便于读者去做多向度的联想及无达诂的诠释。

当然,在这首诗中,耐心的读者还是可以找到适度理解的着力点:记忆的创伤与创伤的记忆。记忆不分现实的还是超现实的,只有留存的或不留存的,而那经过一次次过滤之后留存下来的记忆——无论是有关创伤的记忆还是别的什么记忆,都是从属于诗的;这种源自记忆的诗的言说,复又转为言说的记忆,并由此成为生命的礼物、存在的馈赠、心灵的营地。

只是,半知半解地读完此诗后,我无来由地总要想到:在已基本丢失历史记忆的新新人类的阅读中,会不会将这有关创伤的记忆,误读为另一种完全与历史无涉的什么记忆的创伤呢?

以何种方式守望及守望什么
——读余怒《守夜人》

钟敲十二下,当,当
我在蚊帐里捕捉一只苍蝇
我不用双手
过程简单极了
我用理解和一声咒骂
我说:苍蝇,我说:血
我说:十二点三十分我取消你
然后我像一滴药水
滴进睡眠
钟敲响十三下,当
苍蝇的嗡鸣,一对大耳环
仍在我身边晃来荡去

两种对峙的情态，遭遇在午夜：一方是苍蝇、血，一方是蚊帐、睡眠、我；一方是强制性的侵扰，一方是无奈的困守。这种状况其实很平常。与恶心为伴，在困扰中生存，几乎已成为我们生命记忆的当然部分，无以逃脱。或以麻木对之，以厚皮肉和死魂灵；或者对而抗之，然而又常有不知如何下手的茫然，依旧是困扰。苍蝇年年生，黑暗夜夜长，这次第，怎一个"守"字难耐？

诗人却有绝招；"过程简单极了/我用理解和一声咒骂！"

这招数难免怪异，且有些消极，近于"精神胜利法"。"咒骂"尚可理解，国人在无奈情状中，表达自我的主体性和自由意识以消解侵扰的"常规武器"。但何以理解对苍蝇的"理解"？只有反向思考，不理解又何为？动手捕捉？结果是捕苍蝇的动作越来越像苍蝇的动作，捉苍蝇的人最终成了苍蝇式的人，这荒诞，我们大概都经见过的。

理解便是取消、抹掉或疏离，以返回个我的独立、自由与尊严，这大概才是我们需要真正守护的——看似消极，实是决绝！

"《守夜人》提示一种新型态的反叛，它不崇尚反抗，而是通过价值比较的理解，彻底唾弃伪价值体系。"台湾诗人黄梁在为余怒诗集《守夜人》（台湾唐山出版社 1999 年版）所作序言中的这句评语，可谓一语中的。

不过，此诗的妙处在于决绝之中仍存难决。结尾三行，显然在提醒：苍蝇与人的对峙，无论如何对之，都依然是绵绵无绝期，唯留一个悬而未决的"守"字尖锐而真切，如燧石般闪亮在暗夜中。这种将诗意置于悬疑状态的写法，我喜欢！

喜欢之余，再品其语感：瘦硬爽利，筋骨之人下筋骨力，家常道来却劲道十足，连语词的节奏都带着一股子狠劲——诗到狠处方生奇，读《守夜人》，得此诗理。

极限实验或对失语时代的命名
——读伊沙《结结巴巴》

结结巴巴我的嘴
二二二等残废
咬不住我狂狂狂奔的思维
还有我的腿

你们四处流流流淌的口水
散发的霉味
我我我的肺
多么劳累

我要突突突围
你们莫莫莫名其妙

的节奏
急待突围

我我我的
我的机枪点点点射般
的语言
充满快感

结结巴巴我的命
我的命里没没没有鬼
你们瞧瞧瞧我
一脸无所谓

　　伊沙的这首《结结巴巴》写于1991年，诗人当时的主要创作动机，是想制造一个独一无二的诗歌文本。很幸运，这个契机被伊沙抓住了；更幸运的是，这首看似带有"施暴"性质的纯形式实验，却无意间揳入了这个时代的隐痛之处而抵达了为时代命名的高度——在这里，形式完全代替了内容进而成为内容本身，所谓"有意味的形式"。这在当代诗歌中，是一个难得的"样本"。

　　语言是文化的本根，文化的疾病首先是语言的疾病，诗人伊沙对此有原在性的敏感；对复制性写作的本能反抗，对惯性写作的警觉与拒斥，使伊沙的诗歌写作，一开始就具有对当下诗歌的文本形式与文化蕴含的挑衅性与干预性。于是，用"病态"的语言方式去冲击或解构"常态"诗语方式，便成为无可回避的挑战——起步于"九十年代诗歌"或"后新诗潮诗歌"的伊沙，以他"斗牛士"般的姿态，及时而诡异地亮出了这把"结结巴巴"的刀子。

利用结巴的语式做诗歌语言实验，是伊沙的一个发明。有意味的是，一般实验诗歌常犯的实验（发生）与阅读（接受）分离的毛病，在这首更极端、更具"试错行为"的实验诗中，却得到有效的消解。应该说，它非但没有拒斥阅读，反而刺激了阅读的快感。这里顺便指出：阅读快感是伊沙诗歌的一大特点，它使处于后现代语境下的诗歌阅读进入新人类的"文化餐桌"成为可能，对此伊沙率先作了有效的探求——一首将我们所熟悉的诸如意象、节奏、韵律等"诗歌元素"几乎完全剔除干净且"结结巴巴"的分行作品，仍然充满且加强了诗的冲击力，这本身就极具文本研究的价值。它接近"摇滚"，但又完全迥异于歌词；它有点"语言狂欢"味道，但形式上又显得很整齐，有一种新奇的秩序感——狂欢而不狂乱，结巴而有秩序，由此产生一种让人哭笑不得的反讽意味和幽默感，特殊到难以阐释乃至拒绝阐释，你由不得只沉浸于阅读，而一切有关"接受美学"的获取，尽在这"沉浸"之中了。

至于这首诗在阅读之外所抵达的表征意义，我们只能称之为"命定的契合"，一种源自伊沙诗歌立场的必然旨归。

语言的意义存在于语言的表现过程中。以粗暴消解虚妄，以结巴为失语命名，伊沙的抵达是深入的。进食和言说是作为人的口腔器官的生物功能，而在当代人/诗人这里变成了"二等残废"。只有发霉的"口水"，没有真实的言说，在失语的时代里只好作结巴，这是一个时代的困惑。而作为人类"精神先知"的当代诗人们的言说，既跟不上新人类"狂奔的思维"，又跟不上代表行为能力的新人类的"腿"，只好陷入"莫名其妙的节奏"之中，其空前尴尬的处境，不仅揭示出当代诗人/文化人的精神偏瘫和主体破碎，更触及到语言困惑的深层命题。

当然，这些言外之意，是作品完成后才形成的，写作中的伊沙们对此"一脸无所谓"——暂时，他们只要求回到一种真实，回到生存的真实和言说的真实。而当我们为普泛的诗歌中，语言的焦糊味和精神虚妄症所腻味后，再来读伊沙，和他一起"结结巴巴"一番时，自有一种特殊的快感，一种文本与读者双重自我领会的诗性愉悦，并于这愉悦中体味到一点失语后的诗之思。

拒绝抚慰或诗性"呕吐"
——读伊沙《饿死诗人》

那样轻松的　你们
开始复述农业
耕作的事宜以及
春来秋去
挥汗如雨　收获麦子
你们以为麦粒就是你们
为女人迸溅的泪滴吗
麦芒就像你们贴在腮帮上的
猪鬃般柔软吗
你们拥挤在流浪之路的那一年
北方的麦子自个儿长大了
它们挥舞着一弯弯

阳光之镰

割断麦秆　自己的脖子

割断与土地最后的联系

成全了你们

诗人们已经吃饱了

一望无边的麦田

在他们腹中香气弥漫

城市最伟大的懒汉

做了诗歌中光荣的农夫

麦子　以阳光和雨水的名义

我呼吁：饿死他们

狗日的诗人

首先饿死我

一个用墨水污染土地的帮凶

一个艺术世界的杂种

　　《饿死诗人》这首诗，在90年代中国诗坛，曾被广泛流传，其影响（尤以青年诗坛为甚）不亚于当年韩东的那首《关于大雁塔》，乃至最终成了伊沙诗歌的缩写代码。诗人也自称这首诗"是我诗歌精神的宣言性作品"。

　　读《饿死诗人》，有一种痛快淋漓的"排泄感"，出了一口"恶气"，一腔闷气。那些由拖着农耕时代小辫子的诗人所播撒的，充满矫饰、虚妄、闲适、无病呻吟、无关时代创伤和生命疼痛的所谓"麦地"、"玫瑰"和"乡土"诗歌的弥漫气息，被伊沙式的"宣言"轰成了碎屑。在一个被孱弱泡软了的诗坛中，人们为这位年轻诗人极为真诚而坦率的愤怒而震撼，并由此激活了有良心

（非关道德）、有血性（艺术血性）的诗人们对当下（生存真实）的诗性思考和言说。应该说，伊沙对90年代诗歌写作所做出的特殊刺激，是由这首诗所引发而扩展的。

此诗写于1990年，正是普泛的青年诗人们背对时代创伤和生命疼痛，"那样轻松地""开始复述农业"的时候（有意味的是，此时的小说家们，也同样"那样轻松地，开始复述虚假的历史"）。对"麦地/家园"的虚构和对"玫瑰/自慰"的迷幻一时成为风潮，颇有点越疼痛越要轻松，越猥琐越要耍"高贵"的样子。于是那些"城市最伟大的懒汉"，纷纷"做了诗歌中光荣的农夫"，而我们也再度领受了中国诗人们的"精神阳萎"和"语言迷失"。

对此，这个时代的另一位重要诗人于坚也同样尖锐地指出："诗呈现真实，这种真实不是时事、史实、事实、现实，而是一种语言的真实、去蔽，是呈现人的存在状态……在垃圾堆中生活的我们，难道能满嘴玫瑰吗？"

伊沙要"饿死"的正是这样一批他曾称之为"不说人话的诗人"。当生存裸露出它全部的丑陋、病变和隐痛时，关于"玫瑰"和"麦地"的吟诵的真实性，便自然要受到拷问。

诗，就其精神向度而言，有抚慰、吁请、呼唤、亦即建造与给定现实相对抗的理想现实的一面，也有质疑、批判、呕吐、亦即直接向现实发问的一面。遗憾的是，在前者的文本中，我们很难听到真正让人感到真切可靠的言说，大都充满了语言的焦糊味和精神虚妄症。

伊沙是后者的坚持者，他拒绝抚慰，而且"呕吐"得更害。

伊沙的"呕吐"本自两种"恶心"：一是对生存毒素的敏感，由此决定他彻底的实验意识和先锋态势；一是对语言毒素的敏感，包括意象迷幻、隐喻复制、观念结石及常态范式等。这种"呕吐"

带有强烈的排斥性，有时难免连正常的东西也要一并"吐掉"，有一种为诗歌"洗胃"和对诗坛"清场"的效应，一种诗歌精神空间的负面拓展，导向语言意识的革命和主体精神的重塑，是一种抱有终结和重建的"呕吐"，不是闹着玩，需要更坚强的意志和承受力。这样的效应和拓展，至今令许多诗人和批评家难以接受，同时也使不少同道为之亢奋和激活，其更深远的影响，恐怕不是当下便可作结论的。

既是一首"宣言性"的诗，便难免带有观念性的划痕以及直露的硬块，但就整首《饿死诗人》而言，我们依然感受到伊沙独特语感的魅力，一股中气十足、以饱满的精神张力贯注其中的语言冲击力，且不乏其特有的诡异和反讽意味。

如"你们拥挤在流浪之路的那一年/北方的麦子自个儿长大/它们挥舞着一弯弯/阳光之镰/割断麦秆　自己的脖子/割断与土地最后的联系/成全了你们"——在这样的诗行中，我们同时感受到北岛式的精神指向和于坚、韩东式的语言质地，并得以新的整合与重铸：开阔疏朗的语境，讽喻性的口吻，诡奇而又坚实的本色意象。它是宣言性的，也是诗的；真实的生存状态和真实的语言状态的统一，精神宣言与诗性言说的统一——在所谓"转型时期"的郁闷和萎靡不振之中，伊沙让我们重新感受到什么是诗的力量。

返璞归真　自然天成
——读唐欣《在青海某地停车》

草原无垠的大床
邀请你躺下把身体摊开
在户外　这是难得的角度
顿时漂浮起来　不真实起来
大概这就是野合的好地方
（她是否同意）
大概这就是野战的好地方
（敌人准备好了没有）
不知名的小溪流　出自深谷
一拐弯　就再也不见
口衔香烟　眯起双眼
突然发现　蓝色的天空

有如深渊　这种恐惧多么无稽

好像我会顺着光线

向高处坠落

赶紧翻身坐起　我非牧人

对这种事　少有经验

　　这是唐欣的一首近作,一见之下,便生偏爱!古今诗歌,有一境界最难企及:返璞归真,自然天成。此诗可谓得此境界的最新佳作。

　　起首,便透显另一种天籁:"草原无垠的大床/邀请你躺下把身体摊开",平顺、自在、憨态可掬,语感舒展如小风送爽,人皆解得,人人难得想到此种言说。尤其"大床"一词,用得极俗极艳而又雅极妙极,非智者童心不可得。且顺势牵起"野合"、"野战"的联想,荒唐中见真趣。

　　至此稍不留神,自会滑向"天人合一"的老调,有现代意识作底背的诗人却笔锋一转:"突然发现　蓝色的天空/有如深渊　这种恐惧多么无稽/好像我会顺着光线/向高空坠落/赶紧翻身坐起",且坦诚告白"我非牧人/对这种事少有经验"。

　　俗与雅的对质,实与虚的盘诘,自嘲中与精神乌托邦幽一把默,机心天趣,亦庄亦谐,不经意中尽显风流。

　　学者曾有言:"表象看不出的技巧可能是最高的技巧"。

　　唐欣曾自许:"我梦想的诗该是脱口而出又深含味道"。

　　读《在青海某地停车》,足可证之。

平实与空茫
——读雷平阳《小学校》

去年的时候它已是废墟，我从那儿经过
闻到了一股呛人的气味，那是夏天
断墙上长满了紫云英；破损的一个个
窗户上，有鸟粪，也有轻风在吹着
雨痕斑斑的描红纸。有几根断梁
倾靠着，朝天的端口长出了黑木耳
仿佛孩子们欢笑声的结晶——也算是奇迹吧
我画的一个板报还在，三十年了
抄录的文字中，还弥漫着火药的气息
而非童心！也许，我真是我小小的敌人
一直潜伏下来，直到今日，不过
我并不想责怪那些引领过我的思想

都是废墟了，用不着落井下石

　　一个世界已经死亡，散发着"废墟"的"呛人的气味"，为记忆所认领；另一个世界尚不清楚，或许到终了也是废墟，另一种形态的废墟，有待现实的证明。生活期待创造，期待激情与奇迹的降临，但却始终只是重复地存在过。过渡时空，暧昧的间歇，郁闷的夏日，一段平常而又平静的往事之追怀，散发着怅然的意绪。

　　这是一首素朴、明净的短诗，写景、抒怀，上下两层，线性结构，读来平顺无奇，却有清晰的印象留住读后的回想，不会轻易忘却。单纯的诗，以及一切单纯的美，总有这样的效果。

　　日常选材：废弃的小学，童年的记忆，寻访者的心绪，近似"成长日记"一类的题材。但诗人处理得不俗，未落伤感抒情加理念指涉的老套，只是让意绪牵动语感去展现细节，让语感代替思绪去寻找更深的思绪。这语感也很日常，如一篇小小的记叙文，说话式地低语着，只以本色的肌理呈现存在的真。

　　只有一个意象："……几根断梁/倾靠着，朝天的端口长出黑木耳/仿佛孩子们欢笑声的结晶……"，因了比喻的贴切，使全诗的语境有了跳跃与亮点。将记忆中童年的笑声与现实废墟中的黑木耳联系在一起，30年时空的转换，没有比这更形象的了。当然，这形象并不特别，且容易导入"青春挽歌"式的套路，物是人非（在本诗中应是物非人也非），哀婉忧伤一番。

　　在这一点上，自第三代诗人后，青年诗人们大都显得很成熟，宁落平实，不着矫情。此诗守住客观陈述的基本语感，让外在叙事与内心叙事互为镜像，只体现一种心境，不作或"情"或"志"的明确指涉。

诗至后半段，由一块 30 年了还在着的"我画的一个板报"，引发出一些思绪，似乎要"言志"了，好在依然只是"思绪"而未升华为什么"思考"，且妥当地停留在一种悬揣意味的状态中，以一句"都是废墟了，用不着落井下石……"作结束，恰到好处。

但这种看似超然达观的心境，又颇让人猜疑。关键在那句与结尾句既有上下文关系，又有内在关联的"我并不想责怪那些引领过我的思想。"那"思想"曾"引领"一个孩子在我们都知道的那个荒诞的时代里，抄录充满"火药的气息"的文字，"而非童心！"诗中在此所用的触目的惊叹号似乎要强调什么，但后续的思绪却又显露出一派与现实认同、与命运握手言和的心境。

可如此之后，我们又将立身于何处？

或许，这心境正是诗人要质疑的东西——"我真是我小小的敌人"！曾经的激情印证着此时的空茫，不管那激情是因何点燃。悖谬中的歧义，平实里的虚幻，一首小诗有如许引发且难忘，已属成功之作了。

心里有座山
　　——读君儿《上山》

　　　　机器把我吞吃
　　　　公园吞吃老虎和狮子
　　　　机器吞吃我的精神
　　　　我仅有的孔雀的精神
　　　　如今翎羽乱飞
　　　　给罩在一个罩里
　　　　我想不出更坏的厄运
　　　　我选择百无聊赖
　　　　让人们去自我说服
　　　　明天我将开始上山
　　　　离开人间的法网恢恢
　　　　明天我将上山猎鹰

或者下水捉鱼我将贡献自己
给山川天地和月亮下的好风
明天你们就再也见不到我了
顶多有一个行尸走肉的魂
还在附着你们
真正的我在山上
将来也可能升天
真正的我其实非常颓废
即使在山上也并不怎么遵守山规
我所有的知己都在天上
我需要一把扫帚把我直接接到
他们那边

  山在高处,高处不胜寒。当代语境下,尤其是青年诗人们,大都不再抬头望山,眼睛很现实。这是好事,我们需要一次这样的"断裂",来彻底忘却"精神乌托邦"的困扰,回到真实,存在的真实和人的真实。

  第三代诗歌以来,对真实的追索,已成主潮,大家趋之若鹜,使当代汉语诗歌有了更多直面人生的有力言说,和更真切鲜活的现实生活肌理,显得年轻、实在和熨贴了许多。但如此"现实"久了,难免生出些郁闷,心里空空的,就想去看山,看一些很野的地方,呼吸一点富氧的空气和想一些与现实无关的什么。"山"是永远的诱惑,我们过去的错误,只是没有处理好我们与"山"的关系而已。

  君儿的这首《上山》,让不堪郁闷的我等眼前一亮,原来新人类也有想"上山"的时候。当然,这种"想",和旧时的"生活在别处",已不可同日而语。

君儿的诗,本色,自然,爽利,敞亮大气,在"中间代"女诗人中风度翼然,近年颇为活跃。出手快,产量高,泥沙俱下,因此品质参差不齐,但字里行间每有真气、锐气、坦荡之气袭人。

《上山》一诗不算君儿的最佳作品,但我喜欢诗中的那点不即不离的"道"气,说不上超凡脱俗,那反而俗了,却让人肃然而敬。

诗本身没多少好诠释的,直观,直言,直取道心。字面上,无非是"人间""天上",两相比较,都说不上好,两边都有"我"的在和不在:"真正的我在山上/将来也可能升天/真正的我其实非常颓废/即使在山上也并不怎么遵守山规",坦诚心性,不着矫情。只是,一句:"我所有的知己都在天上",还是隐隐透露了诗人心仪的精神维度之所在,让行云流水般的"说",有了一个深度维系的"核"。

诗意很明确,有如万古道心同然,我欣赏的是诗人对这道心不同一般的体验与言说,及其言说中那股子真诚纯粹的心气。不过全诗开头一行嫌多余,且别扭,似可去掉。

看来"山"还是有存在的合理性的,不管是什么时代哪一代人,都不可能无视"永恒"与"湛蓝"的诱惑。那些在"平原"待久了的人,那些在水泥森林待出病来的人,不妨跟着诗人一起"上山"一趟,听听他(她)们在说些什么。

纯净的深度
——读水晶珠链《无法沟通》

    有太多话想说
    导致我坐在人群中
    一声不吭
    像一片拥有全部声音的森林
    静默在黑暗中
    只听内心深处的大自然
    偶尔
    抛出一只鸟来

  喝纯净水长大的"八零后",写起诗来,不管在选材和形式上如何花样百出,那一份轻松的心态,和那一份明净的语感,总不缺乏,富有亲和性。

在水晶珠链的这首小诗中，我又于亲和之外读到了深切。

粗浅印象中的"八零后"诗歌，一般是不玩这种深沉相的，再严重的关切，也都会以平实、直率甚或游戏化的述说方式予以表达。《无法沟通》却有些异样，从情态到语态到其内涵，都郑重其事，近于肃穆，但又不玩玄，玩传统路数中一沾"深切"便高蹈矫情的招数，只是以平常心态平常语气平实道来，反显得格外凝重，于"暮霭沉沉楚天阔"的意境中，收摄出一个冷峭超拔的题旨来：现代人的精神处境——活跃与幽闭，个人空间的扩大与公共交流的困难，一种悖谬。

全诗仅八行 54 个字，属现代绝句式的小诗类型。"七零后""八零后"的诗作，有一种喜短不喜长的趋势，是个好现象。但也容易流于平易或单薄细碎，又是个新问题。《无法沟通》的分量在于其深度弥散的文本外气息和意蕴。既有经由平实真诚的表面文字所产生的直击人心的力量，又有经由准确凝练的意象，所引发的欲说还休欲罢又不能的感染力。诗中的两个意象："像一片拥有全部声音的森林/静默在黑暗中"，和"内心深处的大自然/偶尔/抛出一只鸟来"，其实都无特别之处，乃至有些熟悉之嫌，但用在这里，并自然而有机地相承接相照应，就显得特别贴切，从而取得集中而和谐的审美效应。

一句实话（开头三行）加两个比喻，如此不同凡响，关键还在"准确"。一说意象，总要先想到"新奇"，实则"准确"才是最重要的。一味炫奇斗诡，反而真的"无法沟通"了——看来，至少在"八零后"的水晶珠链这里，已深得此理。

与洛夫"过招"

——读南方狼《与我决裂的童年,夜夜歌唱着动人故乡》

与故乡共眠的日子
我枕着豆荚,从
决堤的天河拾到一尾说话的鱼
"裂开是种新的抵达……"
的确有些东西一天天蜕皮。谁开始漫泡
童年,哪种福尔马林被购买
年关到了,十二种动物的叫声从远方次第传来
夜风起了,不愿回家的孩子还守望一支
夜歌,蟋蟀从草垛追上二十三楼的阳台
歌谣成了都市唯一闪亮的灯
唱星的蓝蓝唱草的青青　唱
着火的感觉或者饮一盏辣茶的无尽

动一动就痛成

人类最初的怀念，传说已接近暧昧

故事也分别浪费在几个纸糊的餐盘

乡亲啊，请忘了从此罕见的蟋蟀

"七零后""八零后"的青年诗人，一般印象，总是一根筋式地口语或叙事，且大多将口语整成顺口溜，将叙事整成说事，难得见有整合性的综合语言素质。读南方狼的诗集《狼的爪痕》，却让我读出了意外的惊喜，始知喧闹泡沫的下面，原也有深沉的潜流。这位1982年出生的年轻诗人，除这部诗集外，还有两部长篇小说、一部短篇小说集及一部散文随笔集出版，可见文字功夫已非寻常玩家。于诗，则兼容并包，博采众家，杂糅古今，异质混成，立体式地展现了其无所不能无所不通的综合修养和非凡才情。尽管暂时因多向度出击而显得方向感不明确，重心不稳固，但其咄咄逼人的实力所在，颇令人瞩目。

这首选自《狼的爪痕》中的作品，是一首隐题诗。按其发明人洛夫的说法，隐题诗须首先题目即是一句独立自明的诗，然后将其每一个字依序作为诗作每行打头的第一个字置入，且须有机地融入诗行中，不显牵强。洛夫当年自得其乐于这种玩法，动机在于重新寻找戴着枷锁跳舞的感觉，以挖掘汉语诗性于现代汉语机制下的潜在质素，同时在强制性的拘束中，打破惯性思维，寻求文字的奇遇和由此生成的特殊语感机制。有"语言魔术师"之称的洛夫，于此也确实玩出了令人惊异的新奇诗味，带动得近年两岸多有追仿者。

这种玩法之于当下新诗写作，颇能考验诗人的语言能力。南方狼以"八零后"身份挑战老洛夫，竟然毫不示弱。仅就体式考量,几乎无一瑕疵,直逼洛夫项背,以酣畅淋漓化解举步维艰,功夫了得!同时,且因改百米自由跑为跨栏跑,便平生一些意外的断连跨跳,意象的营造也随之变幻莫测而又生动奇崛。全诗题旨出于"文化乡愁",城乡两栖人的失根之痛,"动一动就痛成/人类最初的怀念……"显示新新人类的痛感神经,也并非只在当下。

其实就诗歌艺术本质来说,我们常常并非因为有特殊的话题要说,才开启特殊的诗的说法,而是因为有特殊的语言风景的诱惑,才说出那个特殊的话题;所谓诗之思,其根本在于唤醒语言的敏锐知觉。——在这里,语言不再是工具式的拿来就用,而是被当作具有自己法则和具有特殊生命的活物,来重新活过。

就此而言,青年诗人南方狼似已深得其堂奥,在时尚之外,守住了一片坚实深厚的基地,其不可限量的未来,已见端倪。

"第一次"的惊喜
——读钟顺文小诗《山》

古今写山的诗多不胜数,大都借题发挥,言说诗人自己的情志去了。直接就山写山,给山这种司空见惯的普泛自然物象,一个恰切生动的诗化之"命名",而让人过目难忘者,仅就新诗作品而言,印象最深的,当属台湾当代诗人钟顺文的一首小诗《山》。

全诗仅三行14个字,兹抄录如下:

　　憨直的傻小子

　　几度落发
　　几度还俗

此诗表面看去质朴无华,也就是一个比喻而已。写诗作文,都讲比喻，非常基本又非常重要的修辞手法。由此古往今来地"比"下来，再要比出点非常的新意来，实在已是"每况愈下"、愈"比"愈难的了。是以有第一个将女人比着花的人是天才，再后来还将女人比花的人就是蠢才的典故。

到了当代汉语新诗创作中，许多先锋诗人干脆弃此传统手法而另觅语言策略，遂有诸如"叙事性"、"口语化"、"小说企图"等诗风的倡行。不过，从阅读与欣赏的角度来说，能于传统的手法中创出新意的作品，还是更受读者青睐。

小诗《山》的比喻，看似平常，随便想到似的，不着迂怪，却给人以"第一次"的惊喜，亦即所谓"陌生化"的审美效应。

将"山"比喻为"傻小子"，既新奇，又亲切；既出人意料，又觉得就该如此，好像大家都曾这么想来着，只是没"对上号"，一下子让诗人说中了，便有会心的认同和忍俊不禁的会意一笑。

山不说话、不作态，是以"傻"；山也从不弯腰低头，是以"憨直"。因"傻"而本色行世，光明磊落，不失天真；因"憨直"而处世泰然，该落发时落发，该还俗时还俗，随缘就遇，发乎情性，本乎自然。以人喻山，"落发"即秋、冬的枯，"还俗"即春、夏的荣；以山喻人，"落发"即出世，"还俗"即入世。而不管荣或枯、入世或出世，在"傻小子"这里，皆于"憨直"的生命形态中化归为一种来则来、去则去的过程，持之不变的，则是那种自信、自在、自由的心性，和天人合一、泰然自若的精神气象，以及隐约弥散于其中的青春气息。

原来"傻小子"是真人格，想来人若都有此品性，世界该会有多美好！

得此深意，回头再品那三行 14 个字，更觉其举重若轻、大言若拙、妙趣天成的不凡品质了。

一个"憨直"而可爱的比喻，成就了一首好诗，给人以"第一次"的美的惊喜！

这首小诗的作者钟顺文，祖籍广东梅县，1952年出生于印度尼西亚，1960年随家到台湾。著有诗集《六点三十六分》《不出声的胚胎》，另有散文集、诗画集多种。诗人在海内外的名气不算大，但《山》这首佳作却多为流传，被各种诗选本收入，也足以告慰其艺术人生了。

成人童话与月亮情人
——读林焕章《十五·月蚀》

古今诗歌中，以月为题的作品，不胜枚举，且佳作多多，似乎很难再胜出。林焕章一首《十五·月蚀》，却独出心裁，读来别具兴味。原诗如下：

八点钟，月在我二楼
企图穿窗而过

十五那个晚上
我捉住了她
所以，你们
就有了一次月蚀

而午夜
她将衣裳留在我床上
所以，那晚
她特别明亮

　　月到十五明，这是人世普泛的月，几已成常识，见惯不怪。而所谓诗人，正是要经由对事物之言说的改变，来改变人们对事物惯常认识的人。此诗起题就将"十五"月圆之常与难得一见的"月蚀"之异扯来一起说事，造成一种"童话事件"，引人动思。

　　整首诗的字句表面，只是序时性地、不动声色地述说这"事件"的经过，告诉读者何以在这样的一个"十五"的月夜，那个我们习以为常的月亮，如何在经过"我"的窗前时，因被我早早地"捉住"，而有了一次不期而遇的"月蚀"，却又复逃离"我"的捕获，重新"明亮"于人间。

　　这"事件"明是作者的虚拟，却因细节的巧妙安排，和叙述的诚朴、真切与俏皮，又宛若真实，惹人心动。如此仿佛同诗人一起亲临其境一番后，回过神来，才恍然悟得，原来其中还隐隐然含着几分暧昧的意味，让人联想到一种纯美的"艳遇"，乃至会思及"风月"一词：诗人在此化身为天地间最痴迷的情人，竟至独拥月美于一刻，让人间"失明"；而为天地之情人的月儿，也一时独钟情于诗人，甘愿被"捉"，逗留至"午夜"后，方留衣作别，并因如此的"艳遇"而更为明亮。

　　何等幻美的意境，却寄身于如此平实、素净、短小而仅仅十行的诗句，可见诗人的匠心独运之所在。

　　古今写月，或揽月为镜，鉴照心斋以言志；或携月为侣，释放性灵以畅情，皆是成人世界的月情月意。以现代童话诗创作驰名的林焕章，独以此诗将童心、童趣、童话语境带入成人世界的月意月情，点化得幻美如斯，令人叹羡！

诗中"她将衣裳留在我床上"一句，可谓全诗诗眼，极素净又极艳丽，带动全局生辉。而整首诗的童话语感，更使之添一分亦真亦幻的光晕，一下子就被打动了，复又迷恋忘返——好的现代诗，总是有这样的品质才是。

拾一粒石子听涛声
——谈我的诗作《上游的孩子》

《上游的孩子》一诗，是我多年所写诗中，自己比较满意也比较看重的一首代表作——

上游的孩子
还不会走路
就开始做梦了
梦那些山外边的事
想出去看看
真的走出去了
又很快回来
说一声没意思
从此不再抬头望山

眼睛很温柔
上游的孩子是聪明的
不会走路就做梦了
做同样的梦
然后老去

全诗14行，85个字，简简单单，朴朴实实，似乎一览无余，一看就明了。但几乎所有读到这首诗者，都说有一种说不出的撞击感，触动了生命深处的某些东西，再也难以忘记。看似一粒纯白的石子，却有大山般凝重的内涵和深沉的回声——这是许多读者对它的印象或评价。

评论家杨景龙在他编著的《中国当代大学生诗歌精选欣赏》（河南人民出版社1993年版）一书中，则拿此诗与韩东的《山民》作比较，指出："沈奇在讲述'上游的孩子'的故事时，与韩东讲述'山民'的故事一样不动声色。但此诗也和韩东诗一样极富引人思考的魅力，简洁的诗句留下了巨大的审美再创造空间，平浅的语言涵盖着极为深邃的思想。其间蕴积了一代年轻学子们深重的忧虑，这一股忧愤之情因为不是以直抒胸臆的方式写出，因而更具一种引人长久品味的力度……这几乎是纯客观的评述性的诗句，在你反复阅读时，便有了入骨的讽刺和悲凉意味。"

其实"讽刺"似乎并不存在，也非我原本的意愿；"悲凉"确实有些，但也似乎淡远于诗行之外。实则在这首诗中，我只想指出一种"存在"——一种普泛而久远的民族心态和生命形态的真实状况。生存的局限性和渴求突破这种局限的亘古意愿之间，所渗透的悲剧性意味，是我多年来诗歌创作的一个主要命题。在《上游的孩子》这首诗中，这一命题得到了较为恰切的契入、深刻的凝聚和纯粹的表现。"闰土"式的命运，不仅仅是鲁迅时代的产物，而是一个古老民族和这古老民族的文化结构与心理结构的恒久产物。从儿时到少年到青春，从上游到下游，从乡村到城市，我们大都很快就老了，温柔了眼睛，不再抬头眺望什么，"二十几岁便死了心/死了心还不服气/做一些老庄的梦/演一些叶公的戏/然后十倍的善良/让热情和幻想/好看而朦胧地/荒芜在那里"（沈奇：《过渡地带》）。——是的，我们都很聪明，从小都很聪明，不会走路时就做梦了，但我们总长不成大树，便渐渐喜爱唱"小草"的歌……

这就是"上游的孩子"：是他的灵魂也是他的躯体，是他的内核也是他的外壳；一粒石子是无所谓表象和内在的，而最本质的东西无须修饰。平平凡凡的14行，如长河的一声低吟，如大山的一声叹息，没有想象，没有抒情，甚至没有一个修饰词和富有"诗意"的语句，却似乎一下子淘空了我半生的生命体验。

至今还记着写作这首诗的情景：1984年春节，我由省城西安回汉江上游的陕西勉县小城老家过年，见到许多当年一起上小学、上中学的老同学，却再也难以找回青春年少时的那种风发的意气和理想的情怀，大家都活得很现实，很平和，并且对外面的世界、对早年的幻想，有着一种怯怯的规避，和一派貌似乐天知命的气氛。也许是受了这种"语境"的感染，连我自己也觉着一种疲倦和空茫，一种被"存在"掠空而又似乎重新认识了"存在"的悬疑状态。我预感到，该有一点什么诗性的灵光要填补这幽茫的虚空了，却未料到那诗念竟来得如此突然又如此自然和不容思考——在那个冬日薄暮中，当我在随手拈来的纸片上急急草就这85个字后，整个的人竟傻呆在那里，没有哪一首诗，包括上千行的自传体长诗，能使我有这样被一掠而空的感觉。

完全的精神虚脱中，只有一些断续的意念在闪回：故土、亲人、少年的伙伴、成年相逢后生硬的笑容和言不由衷的聚谈……"在这里长大的／总想走出去／从这里走出去的／总喜欢回忆"（同上）……惶惑中，我奇怪这首诗负载的过于凝重而其形体的过于单薄，于是几次试图将它改动添加点什么，却最终发现，它早已那么坚实而完整地凝聚在我手中的纸上，仿佛来自另一个世界，出自另一种生物的创造。我终于明白，我是和上帝对了一次话，凡属这样的对话的记录（是的，我只是记录了它），是根本无法改动的。

诗成后，第一位读者是当年年仅八岁的儿子，他只看了一遍便似乎熟记在心了，且显出若有所思的样子。一年后，经诗友丁当转寄给当时尚未认识的另一位青年诗人黄灿然，在香港《新穗诗刊》1985年第5期"中国新一代青年诗人专辑"发表，引起反响。随后在国内《延河》月刊1985年12期刊出。不久，又译介日文、德文、英文，先后入选人民文学出版社1986年出版的《情绪与感觉——新生代诗选》，四川文艺出版社1990年出版的《中国当代诗人传略·第一卷》，日本学者、诗人前川幸雄编著的《西安诗人作品选注》等海内外多种选本，成为大家所熟悉的一首代表作，亦成为我此后诗歌创作的一个崭新而坚实的起点。

【附注】

以上《读诗小札》，系先后受《深圳文学》《诗探索》及其他文学和诗歌刊物之相关"读诗"类栏目的邀约，及个人讲授《新诗研究与欣赏》课中所需，断续应时即事撰写的赏评小文，既不成体系，更无涉价值认领，唯珍惜当时为文之松逸，及一些些电光石火般的诗学杂感，不舍丢弃，集之一辑，聊作本卷充数。

【辑三】

活在时间的深处
——杨于军诗集《冬天的花园》序

一

认识于军整整 20 年了。

至今,我还十分清晰地记得,20 年前的 1986 年 10 月 6 日晚,我应邀去西安交通大学作一个诗歌讲座,第一次见到于军的情景。

那次讲座的主要内容,来自我出道当代诗歌评论的第一篇正经文章《过渡的诗坛》,为以"他们"诗派为代表的第三代诗歌摇旗呐喊的激情之作。我将这种激情带到了现场,一千多人的听众,一个充满诗性的青春部落,也随之激情澎湃了三个小时。伟大的 20 世纪 80 年代,几代人的激情与梦想同时在那个年代喷发与张扬,留下难忘的记忆。讲座结束后,送别的人群里,幽幽地苍白出一张沉静而略带羞涩的女生面孔,代表交大文学社向我致谢。匆促中没能记住她的姓名,却没忘那羞涩中的沉静,沉静里一种不凡的气质……

过后我才知道，那时的西安交通大学，虽是理工科名牌大学，但受时代风潮所致，文风很盛，活跃着一批才华横溢的校园诗人，如马永波、仝晓锋等，以及后来的夜林、蔡劲松、方兴东等。唯一的一位女生杨于军，则是其中的佼佼者，既是交大外语系的尖子生，又是文学社里的骨干分子。这批交大出身的青年诗人，后来大多都成了我忘年之交，而那一晚，无疑是最难忘的一个美好开端。

讲座后的第二周，杨于军带着她的诗稿单独找到我，这才算正式认识。

初读于军写在笔记本上从未发表的诗作，我就大吃一惊。凭着十多年阅读和创作的经验便知道，她的诗歌天赋，远非一般的青春期诗歌爱好者或当时颇为繁盛的一般校园诗人可比；她的诗完全来自于她自己，也完全属于她自己，野生植物般地自然长成，而"像太阳一样没有性别/像月亮一样没有本质"（《夏天（4）》）。

待到后来与于军熟悉了，且仔细地研读完她的第一批作品后，我方叹服何为真正的天赋奇才之诗人，并在连续成功推荐发表了她的一系列作品后，写出了我那篇为许多诗人和诗歌爱好者所称许的诗评文章《静水流深——评杨于军和她的诗》，连同她的作品一起，在那个以诗为青春理想的年代里，留下了一抹难以磨灭的印记。

许多年后，我的出生于1980年后的学生们，依然在这篇文章和为这篇文章所引用的于军的诗中，读出了新的感动、新的叹咏："我分不清是沈奇的诗评吸引了我，还是杨于军的诗勾住了我的魂，总之，我在这篇诗评中读到了单纯真挚的交流与依偎信赖的温暖……这样诗歌世界的偶遇，这样如上帝 joking 般的巧合，和谐而美丽,仿佛散落人间两端的真诚、纯洁、高尚的拼图,完美地凑合在了一块。"①读着又一代校园青年文学爱好者如此感性的文章,我深深地庆幸在我30多年的诗歌生涯中,有过"这样诗歌世界的偶遇",且绵延至今,成为我生命中最为深刻的记忆与念想。

不无遗憾的是,这样的"偶遇"竟是那样地短暂——如彗星般的闪耀之后,又如彗星般地寂灭……1988年大学毕业后,于军惜别她钟情的诗的校园、诗的西安,回到冰城哈尔滨,后又南下广东台山,出嫁、工作,为人妻、为人母,安安静静地沉入日常生活中,并渐渐远离了诗界,很少再发表作品……而当代诗歌的进程是如此急促和充满变数,使那些自甘边缘不计功利,唯以一颗真纯的诗心为归属的诗人,很难逃脱被忽视乃至被埋没的可能。应该说,以于军当年的诗歌影响,若再顺势扩展几年,无疑会进入名诗人的行列,而一举奠定她在当代中国诗歌史上的地位,可惜她就那样匆忙而又安静地幽幽而去。

当然,如今看来,这样的思考,对于军这样的诗人而言,似乎没有任何意义。读她的诗便可知道,这是一颗天生明澈而早熟的灵魂。这颗灵魂不但早早看透了世间名利的虚无,甚至早早看透了生命本身的虚无——仅仅20岁的时候,她就已在《大孩子》一诗中透露了这样的心境:

在远方
在灵魂靠近的地方
土地很宽容

---

①吴心韬:《一个诗人与一个诗评人》,未刊稿。

> 并不急于要我们成为什么
> 不安的是我们自己
> 准备睡去的时候
> 还会为每一阵脚步
> 睁开眼睛

由虚无而认领存在，这颗灵魂便如流水般随缘就遇、不计不争，"在夏天美好地流动/在冬天美好地结冰"（《冬天（4）》），"我只是一小块/随时准备融化的冰"（《太阳》）。由此，无论作为友人或作为历史代言者所发出的遗憾，其实都可以释然。真正的知音最终会理解到：这是一位为时间而非为时代写作的诗人，一位因此而活在时间深处的诗人；她的诗是匆忙赶路的当代汉语诗歌进程中必然会忽视的部分，也是未来中国诗歌历史中必然要重新记取的部分。只有时间是最后的决定者，时代留下的遗憾，自有时间来做弥补。

堪可告慰的是，在经历了每个人都要走过的现实生活的道路之后，阔别20年的诗人杨于军，又那样安静地幽幽而归，重返诗坛——她似乎重新获得了写作的"自由"，乐于把春天做过的梦，在秋天再做一遍，并以一贯的优雅与纯净，连接两个生命季节的诗心诗意，互为镜像的投影里，有静电触人，而惊醒了所有还记挂并热爱着这位诗人的眼睛和心灵：

> 从遥远的地方走来
> 我又沿路返回
> 在路上
> 我遇见自己

这时候
夏天已经过去

我又在看那条路
怎样穿越夜色
在夜里
每一座房子都可能是我的家
可是我感觉我已经习惯了行走
习惯了
听自己的脚步声
于是我望着更远的地方
把手插进空空的口袋

——《自由（4）》

二

经 20 年后重读杨于军，惊叹岁月的变换并未能改变什么。

一方面，将她当年的旧作置于当下中国诗歌的现场去看，依然如钻石般闪亮而毫无逊色，不失其常在常新的阅读效应；另一方面，对比她前后两个阶段的作品去看，完全像同一个季节里长出的植物，有着一贯的气质与魅力。

这使我再次想到尼采的那句话："宁静的丰收。——天生的精神贵族是不大勤奋的；他们的成果在宁静秋夜出现并从树上坠落，无须焦急地渴望，催促，除旧布新。不间断的创作愿望是平庸的，显示了虚荣、嫉妒、功名欲。倘若一个人是什么，他就根本不必去做什么——而仍然大有作为。在'制作的人'之上，还有一个更高的种族。"①

是的,无论是出发时的早春,还是重新归来时的初秋,杨于军好像一直在固执地向我们证实:在天生的优秀诗人这里,诗的存在既不是需要不断改进的语言艺术,也不是需要不断深入的生活艺术,而只是与生俱来的诗性生命之本身。这样的诗性生命,一开始就提前形成了一切、成熟了一切,也一开始就提前领略了一切、预言了一切,剩下的,所谓诗的完成,只是一种记录,只是随缘就遇、无须刻意的一些文字的呈现而已。

由此,读杨于军的诗,先得理解她独有的心境,看似平淡,却处处透着诡异。那双早慧而又过于沉静的眼睛,从最初的诗意中,便看透了季节的开始与结束,以及我们熟悉而不觉的"日子"里暗藏的玄机,也便早早地决定与命运握手言和,留着略略的不甘和浅浅的惶惑,藏在自己的长发和如长发般宁静的心事里,那样自信地而深沉地告诉自己同时也告诉可能的友人:

我将唱起没有人唱过的歌
让你感到雪之后的温柔和空中陷得很深的星星

——《昨天》

如此的心境自是真水无香,纯净如一块"随时准备融化的冰",而"融化"始终没有到来也无从结束。"她想出走/推不开雪封住的门/她就在镜子前/细心穿好妈妈的衣服"(《十二月的诗》),并且,"让孤独成为一件美好的事情"(《自由(2)》)。在这里,"镜子"的意象十分关键,是打开诗人独在心境之门的钥匙。实际

---

① [德]尼采:《出自艺术家和作家的灵魂》,转引自《西方诗论精华》(沈奇编选),花城出版社1991年版,第47—48页。

上，绝大多数的时间里，诗人是在对另一个自己说话。那个贯穿几乎所有诗作中的第二人称"你"，正是诗人另一个自己的"代码"，一面虚拟的精神"镜像"，其中变幻着诸如恋人、上帝、命运、自然等多向度的指涉，互相对话，互为印证，"像两面对立的镜子"，"镜子里的路没有尽头"（《夏天（3）》）。

在这样的对话与印证中，外部的现实世界显得那样空洞而虚假，内心的精神世界反而成了世界的本质性存在，而这正是诗的真义之所在。也就是说，当诗性自我饱和为一个完整的世界而非等待填补的另一半或另一部分时，所谓个我的"孤独"，方能成为"一件美好的事"，成为一个人的宁静的狂欢！在这样的"狂欢"中，我们才会不免伤感但却很惬意地对自己说一声：终于，我回到了我自己的家——

> 从来都是人抛弃那些房屋
> 被抛弃一次
> 里面就多一个故事
> 而生命在冬天奇怪地成熟
> 为春天准备了另一条假设
>
> ——《沙漠上的生命》

是的，是"宁静的狂欢"。在当代汉语诗歌中，大概很少有诗人像杨于军这样，将这种"宁静的狂欢"写得如此敏感、深切而又明澈。看看她那些反复出现或不断重涉的诗的题目：《自由》《命运》《昨天》《曾经》《冬天》《夏天》《自述》《童话》《小孩》《病中》《自述》《长大的梦》《离开的人》……无一不与季节和成长有关，似乎该说出些很哲理性的话题，但最终都仅仅止于意象化的存在，将可能涉及的或沉重或深刻的题旨，消解在无所归属的、彻底而完美的、梦幻般的宁静中：

> 白天我快乐地和人们在一起
> 夜晚来临就旧病复发
> 我的床上空无一人
> 情绪在各自的时刻到我身边静坐
> 像忠实而胆怯的女孩
> 许多歌就这样诞生了
> 连同我的爱人
> 从月光中醒来
>
> ——《四月（1）》

正是这种独有的心境，生成了于军诗中独有的语境。更多的时候，于军诗歌让我们着迷的，并不是她说了些什么，而是她以诗的形式作自我清理和自我盘诘时，那一种独特的"发声"方式。诗，原本就是沉默的语言，不得已而说，说不可说之说。难得的是，于军好像特别善于将这种"不可说之说"，化为一种自然而然的心语的流泻，而非诗歌修辞学的演绎。步入她的诗行，有如步入一条月光下静静流淌的小河，波光荡漾里，泛着童话的残片、梦想的遗绪、恋人的絮语、女巫的眼神以及……融雪的过程。尤其是那"流淌"的声音，总像隔着一层薄薄的冰，冷冽而又恳切，迷离而又真实，且带着一种祈祷的意味，使人确信而沉迷：

> 我也不再把自己想象成什么
> 每一道波浪都是纯洁的

> 忧郁或快乐
>
> 流进沉沉的夜色
>
> 流过一颗心
>
> 像我的记忆
>
> 像那些翻开的书本
>
> 告诉或不告诉我什么
>
> 都让我宁静
>
> ——《自由（2）》

显然，相比较于大量讲究修辞和注重技艺的当代诗歌，于军的诗歌语言显得特别素净和自然，乃至有些散文化的嫌疑，缺乏节奏的变化，也疏于更多意象的经营。然而，当于军守住这样的本色自然和别样素净，并将其发挥到极致时，这"素净"与"自然"也便成为她一种风格化了的语感。这语感不轻浮也不滞重，更不会随时代话语的更替而变质或失效，正如于军自己所说的："纯净的东西才比较耐久。"当诗人以这种语感将我们带进她所导演并独自主演的那一幕幕超现实的心理场景时，便生出如上文中所说的"看似平淡，却处处透着诡异"的诗美品质，令人沉醉于其中。

也正是于军的这种语感，方能时常在不经意之中，反映并揭示最隐秘和最本质的心理意绪与生命细节，并将诸如交流与屏蔽、现实与梦想、孤独与眷恋以及对无法逃避的逃避等潜在的命题，于隐隐约约中阐释到微妙的境地。在如此诞生的、可谓自然天成的分行的文字里，我们得以跳脱越来越时尚化、类型化的各种话语的困扰，找回最初的惊奇，以及孩子般睁大的眼睛，且以平常心予以认领，并安妥了一段不知所云的灵魂——纯粹的诗的灵魂。

三

也许，每一个人的人生，都有他无可选择的宿命。作为一位女诗人，这宿命的力量似乎更加无法抗拒。诗之于于军，既是她生命前行的脚前灯，更是她安身立命的栖息地。无论她因为何种缘故，离开我们多远多久，终会听从诗神的引领，重新回到诗国公民的中间，完成她生命的初稿，与我们一起分享诗的慰藉，那永远令人神往的"宁静的狂欢"！

春天留下的遗憾，终于在秋天得到弥补——自1988年与于军分别后，至今我们再也没见过面，只是断断续续地保持着通信联系。出于最初的信赖，十多年来，她几乎将所有她发表或不愿再发表的诗作手稿都寄给了我，并就此在我的书房里静静地待了20年。曾经的"偶遇"变为久远的"托付"，让我为之骄傲而又不安。我知道这"托付"的重量，却惭愧总没能力将之与诗界分享。而因了我所不能知晓的缘故，这些珍贵的手稿的主人，也似乎一直以"得一知己而足矣"的态度，对她作品的出路无置可否，以至于连渐老渐忙乱的我自己，也渐渐疏淡了。

而"童话"总会适时复活，无论在人间，还是在诗歌界。

当又一个秋天来临，"复活"了的诗人于军从遥远的南方来信，告诉我她要结集她的诗集准备出版，让我寄去她的手稿时，我真是感到莫大的宽慰！

如今，当我在西安酷热的夏日书房里，为这部整整牵挂了近20年的诗集，责无旁贷地写下这长长的序文时，只能充满感恩地在心里说：上帝是存在的。上帝为每一个生命所安排的宿命都别有深意，只是我们常常不能完全领会而已。

2006年7月

肉身的迷途与灵魂的倒影
——法蒂哈中文诗集《未被说出的》序

1

认识摩洛哥女诗人法蒂哈，是在 2010 年的春天，第二届中国黄山·归园·诗歌与陶艺国际双年展上。

会前我在编选与会中外诗人的诗集时，就注意到在外国诗人卷中，法蒂哈的诗是最为简短和精致的，入选的《上升》和《航行》两首诗，英文排版一首八行一首七行，由应邀中国女诗人杨于军翻译的汉语排版，分别为十一行和九行，字符数也极少。在当代汉语诗歌界，我大概算是小诗的极力鼓吹者，并有精心编选的《现代小诗三百首》行世。是以看到法蒂哈如中国古典绝句和日本俳句般的作品，自是眼为之一亮，细细品读之下，更为其精妙的语感和明锐的意象所叹服，且想象着这位在文本中以"苗条"和"精细"（法蒂哈语）为美的阿拉伯女诗人，其人本的风姿是怎样的一种状态。

本次双年展邀请了四位女诗人，两位北欧女诗人因冰岛火山灰之故航班取消而未能赴会，法蒂哈和另一位印度女诗人阿隆达奇成了难得的两位代表，而她们的绝色美貌更是为诗会耀然增辉。两人都是高挑长身，隆鼻大眼，如女神般气度不凡，只是比起阿隆达奇东方式的含蓄与矜持，法蒂哈则更富阳光和热忱，举手投足之间，飒然播撒来自地中海的热情与烂漫气息，给所有到会的中外诗人留下了深刻而美好的印象。

五天的诗会中，法蒂哈和中国女诗人兼英文翻译杨于军交流中甚是投缘，很快成为知己的诗友，归国后不久，便邀请于军到摩洛哥访问，还带回一部法蒂哈2010年最新创作出版的诗集，翻译成中文寻求出版，为这次诗会续写了一个特别的佳话。

2

我不懂翻译，仅凭阅读翻译作品渐渐明白，一切的翻译，尤其是文学翻译的品质之高低，最终起决定性作用的不仅在外语，更在其母语水平的高低。

于军是精通英语的当代中国优秀女诗人，她的母语诗歌写作已有20多年的历史，同时我也读过她不少翻译诗歌，欣赏她能如此娴熟而精妙地将翻译转换为不失母语美感的二度创作。应该说，至少就诗歌翻译而言，经由诗人翻译家翻译的作品，或许能更充分也更出色地在另一种语言中，得以浑然的复生并焕发新的诗美之光。

这部题为《未被说出的》的法蒂哈中文版诗集，显然是于军诗歌翻译风格的又一次精彩呈现，从而让当代汉语诗歌的读者，能有效地见识和欣赏到，这位尚不为中国诗人所熟悉的阿拉伯女诗人别具风味的诗美品质。

3

首先，这部诗集的集名就很有意思，按汉语的说法，可谓一语道破一切诗歌写作的发生学谜底：写诗，就是说出我们在日常生命形态和语言形态中"未被说出的"那一部分。

作为生命之筑基和语言出发地的这"一部分"的存在，本来是不可说也不容易说清楚的，所谓"言不尽意"，"可意会而不可言传"，这是作为诗人的言说不得不说时，首先要明白和遵从的法则——如何以最少的语词和最简约的形式，来说出最不可说的生命底蕴与灵魂密语，实在是所有诗人在其写作中，时刻要面临并予以解决的问题。

我不知道在阿拉伯语言谱系中，法蒂哈是如何体验到这一诗歌美学的要旨，并以这样的方式表达出这一理念的，但在她的这集诗作中，无疑处处体现出对这一理念的精湛演绎和出色表现：集中除《没有确定的死期》和《教会我夜的仪式》两首较长的诗作，可看作另一种风格的参照外，作为主要部分的断章《未被说出的》全集和组诗《手势》选章、组诗《啜饮》选章，几乎全部是十行左右的精短小诗，处处闪现着精粹、凝练而富有密度的语感光晕和思想质地与情感质地，读来骨重神真，如钻石般单纯而丰盈。

相比较于当下汉语诗歌在"口语"和"叙事"风潮的鼓促下，越写越臃肿啰唆寡淡的状况，这位来自地中海阿拉伯世界的女诗人之"简洁和精确"（法蒂哈语）的诗歌品质，无疑对我们是一个很好的提示与见证，因为这样的"简洁和精确"，原本就是汉语诗歌美学的本质属性。

对此，法蒂哈在其创作谈中也明确表示："我喜欢简短但含义深刻的诗体，比如俳句，我反对诗歌的臃肿现象。也许和我的职业有关。科学的职业训练让我崇尚简洁和精确"。

4

写诗的法蒂哈，其实是位穿白大褂的儿科医生。

"法蒂哈"在阿拉伯语中的意思为"打开""开放"。这真是一个绝妙的隐喻，由此构成这位女诗人不同一般的精神气质：以科学的峻切，理解于肉身的迷途；以艺术的沉潜，敏感于灵魂的倒影，继而成为其诗歌写作的语感触点和灵感源泉："行医和写作都常常接触痛苦和死亡。治疗人的身体和愈合灵魂是同样的。尤其是作为儿科医生，让我不断回想自己的童年，始终保持一颗童心。""我的职业也得益于我的写作，（由于写作）我对人类的痛苦更加敏感和理解，同时，做医生也丰富了我的写作，让我深刻认识到生命的脆弱和有限"。

显然，在这位医生诗人的写作中，如何于肉身与灵魂的分离，及现实与理想的分离的悖论中，或者说，在分享的、肉身化的欲望，与无法分享的诗性、神性生命意识的波动的矛盾中，寻求并"达成恰当的平衡"，是构成其诗歌生命之要义的关键所在："眼睛只看见它喜爱的事物/尽管情感的路径还不明确"，而"很多次/我们践踏/时光的单一/用蝴蝶般的轻盈//躲藏在/我们未来/梦的阴影里//给躯体的地图/涂上颜色"。

这样的诗句里，暗含着"医学"的明达，也闪现着"诗学"的敏悟，并那样委婉而执着地告诉我们：作为身心一体的人类，最终的生命和谐，是既要"学会爱自己的身体，这样才能够爱他人和被爱"（法蒂哈医生语），又要学会爱自己的灵魂，学会"解开词语的束缚/希望它们能带我高飞/向着感情和意义相拥的地方",进而在"梦的阴影里","给躯体的地图/涂上颜色"。

5

由此,细读法蒂哈的作品,自会发现,这是一位生命中原本就有诗的诗人。

我一向将诗歌写作者分为诗人和写诗的人两类。在这个日趋平面化和娱乐化的时代里,实在是太多写诗的人而太少真正意义上的诗人。二者的根本区别在于:真正的诗人,是生命中天然有诗性诗意的人,他们即或不写诗也是诗人,有诗性以及神性的生命气息感染我们。而一旦进入诗的创作,就必然有出色之作,令人叹赏而难忘。许多平庸的诗人写了一辈子的诗,却不为人们所认可,其关键是其生命中原本就没有诗,只是因爱好所致,偶尔与诗为伍而已。

编选黄山诗会诗集时,我是经由文本认可并感佩一位异国女诗人的不同凡响,及至见到法蒂哈本人,方由衷地惊叹:她本身就是一首高华而葱茏的诗啊!所谓写作,对这样的女性而言,大概只是一种深呼吸之后的轻松记录而已了。

同时,通过作品还可以看出,这也是一位有自己独特语感和形式追求的诗人:以"简洁和精确"为基质的法蒂哈诗风,意象清华,题旨隐秀,笔力简劲,语气安和,浑然涵融的心理意绪与一语道破的箴言警句相生相济,缠绵深切而又清旷隽永,且很少一般女性诗歌中或多或少存在的自怨自艾,而直抵男性与女性共有的真与假、爱与恨、肉身与灵魂、角色与本我、希望与失望、坠落与上升等"两败俱伤"(法蒂哈诗句)的生命问题。

难得的是,所有这些在别的诗人那里,可能要费尽心机来琢磨而求的风格与品质,在法蒂哈的诗里,却显得那样本真自然,如植物生长般的不露痕迹，显然，其人其诗，早已是心手双畅而悠然自得的了。

6

最终，还得感谢诗人翻译家杨于军，为我们介绍了这样一位优秀的阿拉伯女诗人，如一缕清风，洗心悦意。

同时，对于笔者而言，能为这样一位热爱中国文化的异国诗人的汉语版诗集，勉力为序，并得以以一个不乏命名性的题目展开我由衷的感言，更是一种莫大的欣慰！

法蒂哈曾说："中国文化给我的印象尤其深刻，因为它是那么不同和神秘。"但愿她的这部汉语版诗集在中国的印行，能更增进她对诗歌中国、文化中国的美好记忆，也能为她未来的诗歌写作，多少添加一些新的动力、新的元素和新的光彩——

　　沿着我的自豪攀缘
　　到达表面——
　　痛苦的顶点
　　从记忆中
　　我建造一座堡垒
　　——在单调里
　　我用来自天空的希望包裹自己
　　在继续我的
　　坠落之前

——《上升》

2010 年 12 月

瞬目苔色小诗风

——《磨坊小诗》·2014卷序

1

记得是新世纪初的2001年12月，在北京出席由中国首都师范大学、美国加州大学、荷兰莱顿大学联合举办的"北京香山·2001·中国现代诗学国际研讨会"上，我提交并发表了题为《现代汉诗语言的"常"与"变"——兼谈小诗创作的当下意义》的论文，第一次系统论述到汉语新诗发展历程中，小诗创作的重要性，及其对当代汉语诗歌写作的特殊作用。之后，复以"小诗好读，经典有味，跨海跨代，百年一选"为核心理念，经过三年多的潜心研究和精心编选，于2006年1月，由山东文艺出版社出版了我主编的《现代小诗三百首》，引起广泛关注。

同时，作为我个人的诗歌写作，也多年倾心于小诗的探求，及至近年推出大体12行以内的实验诗集《天生丽质》，颇得诗界青睐有加。

　　大概因为这些影响所及，2012年秋有幸面识泰华著名诗人、《小诗磨坊》创办人曾心先生后，便一直承蒙他的盛情相邀，要我为《小诗磨坊》写点什么，遂有了这次跨国诗谊之忝列为序的勉力而为。所谓知音总有共鸣时，缘分所至，"基因有约"（曾心诗句），生活在古长安大雁塔下的中国诗人、诗评人，与"佛庙之都"的曼谷"小诗磨坊"，该当有一段知音共鸣的佳话。

2

　　汉语新诗百年，其主流发展脉络，一直受"借道而行"（时代风云、意识形态等）的影响，多以重视社会学层面的价值意义，疏于诗学本体的潜行修远，是以难以担当反映"时代最强音"重任的小诗创作，及现代禅诗创作，总是清音低回，成为两条"无名"的隐线，而屡屡为各种诗歌"潮流"、诗歌"运动"以及主流诗歌史所忽略。

　　实则，若换一种角度，回到诗歌美学层面去看，自会发现，正是在"小诗"和"现代禅诗"这两条隐线中，潜藏着汉语诗歌发展的不少真义，且有助于我们重新审视新诗的许多问题所在。

　　这里单说小诗。

　　小诗美学的关键，在于一个"简"字：简约，简练，简括，简劲，以少为多，于刹那得永恒。

　　我们知道，简约，精炼，以一当十，本是诗歌写作的基本功，也是诗歌审美的本质属性，尤其是汉语诗歌；汉字，汉语，是天生写诗的活字妙语，其中的好，关键在一个"简"字与"活"字。汉语诗歌之"简"，既得于"天生"，也得于"锻炼"。要"炼"，则必得"洗"。洗是减法，古典汉语诗歌深得此要义，惜字如金，为的是守住那个减法，不敢轻易去加之。新诗用的是加法，思维上是发散的、外张的，语词上是累积的、叠加的，生怕说不够，看似丰富，内里却常显空泛。

作为常识，我们更知道，简约不但是汉语诗歌最根本的语言传统与形式传统，也是汉字文化及其他艺术的精义所在。然而百年来，我们有太多的新诗诗人，总是忘记了，用最少的语词和尽量简约的形式改写世界的诗人，才是好诗人。

把诗写得更精练些，把长诗写成短诗，把短诗写成"现代绝句"，省了别人的时间，也省了自己的力气，多好。

何况，诗的简约之起码要求，不仅是对语言体验的高度浓缩形式，以合乎文体要义，也是对生命体验和生存体验的高度浓缩形式，以免于成为公共话语或体制话语的平均数。在这里，简约已不仅仅只是语言品相，更是一种精神气质。

实际上，基于汉字、汉语的"基因"所在，及汉诗传统的影响所及，在百年汉语新诗历程中，小诗创作并未因主流导向的强势，而失却自身的历史位格，并且在各个阶段都不乏经典之作，堪可比肩于其它诗型中的佼佼者。

及至新世纪后，林焕彰在其主持的《世界日报》副刊倡导"六行小诗"，进而得到泰华著名诗人岭南人和曾心二位的积极响应与持久参与，这便有了后来方寸拓开大格局的"小诗磨坊"之新局面，并逐渐成为当代泰华诗歌发展中，一个传承有序的小传统，如南国奇葩，持续耀眼在海外华文诗界。

3

由林焕彰跨年编选结集的《小诗磨坊》，迄今已先后有七卷问世，本卷是 2014 年卷，收入岭南人、曾心、林焕彰、博夫、今石、杨玲、晶莹、苦觉、温晓云、莫凡、蛋蛋11位诗人的小诗作品，每位诗人均以22首入选，全卷共计242首，阵容与数量，都相当可观。

　　作为第一次如此集中而带有研究性的《小诗磨坊》细读，确实与此前各种的阅读感受大不一样。本卷"磨坊"里的诗人，岭南人、曾心、林焕彰三位前贤，我曾有幸与之短促相聚小叙过，感念其共有的气质：儒雅，笃诚，素直，朗逸，而不乏古意。其他八位均不熟悉，只能就诗说诗。

　　所谓"大不一样"的感受中，最为鲜明的是，11位以"小"为乐的"磨坊"诗人，无论前贤还是新秀，女诗人还是诗人先生，其作品背后的写作心态，皆如南国植物生长般自然朴茂，不着经营之刻意，所谓凡人中的诗人，诗人中的凡人，一种日常化的修行，或，换一种呼吸的自我安适。在他（她）们而言，爱诗，写诗，首先是一种生活方式。怎样生活，就怎样写作；怎样呼吸，就怎样歌吟。只是以一颗淡定、平常的心，经由诗的写作，来守护生命中的希望与梦想，进而再转化为自由精神和独立人格的个人化宗庙。

　　这样的写作，更多趋于精神向度的追求而非技艺性的经营，亦即写作的文本化过程，大多呈现为关于精神际遇的文字，而非关于文字的精神际遇，是以显得格外自在、诚朴和素宁，如待闲苔色，瞬目成诗，有约花音，随兴而吟——亲情、友情、爱情、咏物、言事、论时，以及人生感怀、人文意绪等等，皆随缘就遇，自然生发，或许平淡无奇，也或佳作偶得，皆不失鲜活与真切。

　　其实无论是诗还是其他艺术创造的存在，不尽是为了成名，有如树木的生长，不尽是为了成材。小树可以长成大树，或就那样小小地成就为一片小的风景；而所谓的"雕梁画栋"，则已然是无生命呼吸的标本展示了。故无论古今，所有真的、好的诗与艺术，皆生于修行，而非造作和经营。

总之，11位"磨坊"诗人，可以说，都是真正爱诗的人，他（她）们的诗歌写作，既是各自生活的一部分，又是个在生命的一部分，"家乡的路在脉管中"（曾心《家乡的路》），这条路是铺满诗之绿荫的心灵小路。

4

出于这样的总体感受，首先就喜欢上了今石的一组写水果的诗：看着水灵，"入口即化"，"爽口爽心"，而余味有加，可谓南国诗性"水果派"的一次靓丽展出。其中《西瓜》《梨》《葡萄》《柚子》几首，都堪称现代咏物小品的亮眼之作，尤其是与题材相得益彰的憨态心境与诙谐语境，常令人击节。

试读这首《梨》：

> 在曼谷耀华力唐人街
> 您窝在箱子里
> 名字前冠着的姓——
> 山东！我心里骤然一热
> 抱起您，搂进怀里
> ——咱们回家

作为"读诗专业户"，记忆中，像以这样家常的角度和平实的语感，切入乡愁题材，而有如此令人莞尔会意且为之感念不已的，还是第一次。六行顺口之语，如邻家大哥的憨直，无半点生涩，却又不失内在情理：那一个"窝"字何等准确生动，结尾经由

"抱""搂"而发自肺腑的一句"咱们回家",又何其熨帖而深切!

以口语写咏物诗,关键在有我、有细节、有风格化的个在语感,不然则"水当当"寡淡无味,今石的这组小诗,得其所然,也是本卷《小诗磨坊》一个可人的亮点。

11位""磨坊"诗人中,若单论意象品质和整体诗质之饱满深永而言,还是岭南人拔得头筹,毕竟"姜是老的辣",经验丰富,语感老到,得心应手中,总有佳构应运而生。

试读《一朵青苔》:

聚　散
似一场夏天的骤雨

雨后,岁月流逝
湿漉漉的墙角
长一朵青苔
我的思念,翠绿如玉

现代意象,古典韵致,温婉语境中,情怀如歌,天心如梦,疏朗里深意浸漫,引人遐想。

另一位的前贤林焕彰,我曾在主编《现代小诗三百首》中选入他的《十五·月蚀》一诗,后来另附题为《成人童话与月亮情人》的评论小文,收入拙著《沈奇诗学论集》增订版第三卷。此次作为"六行小诗"的"播种人",以一组题画诗和几首感怀类小品结集加盟,读来诗风如故,熟悉中不乏新喜。其中《色色,无我》和《莲心生起》二首,别具现代禅意,印象深刻。而另一首《雪在融化》,情真语切,直抒"乡愁"胸臆,令人唏嘘不已——

雪在远方，雪在雪的家乡
我在我年老的他乡！

流浪的起点，在回忆的终站
我枯立我故居的家门前；

雪在融化，融化我
回不去的童年……

  身为"小诗磨坊"的创生人之一，曾心的诗不但形意清简，字里行间透显出的内在风骨，也是别生一脉简劲与清旷。落于诗思和语感，也大多耿介为怀，直言取道，有骨感之美。
  试以六行"真言"《家乡的路》为例：

挂在村屋的月亮
静静地盼着我回家
从胖等到瘦

我的基因与它有约
从青发走到两鬓霜白

家乡的路在脉管中

  同是"乡愁"题材，曾心写来语重心长，实实在在，从语感到情怀，皆落实于"恳切"，令木质之质发青铜之韵，不失分量。
  集中另一首让人过目难忘的佳作，是苦觉的《午餐》：

拿起竹筷子的时候

发现我的午餐

只是一道炒竹笋

不想让竹筷子太难为情

我换了一把叉子

此诗看似平实无奇，且通篇没有意象支撑，只在直白说事，却因其内含一个戏剧性且具有寓言性质的细节，一下子盘活了整首作品，可谓"秘响旁通"——于小诗写作，不失一种"行之有效"的好途径。

另外如博夫《等待》一诗的举重若轻，舒放大气；杨玲《诗人捞影》一诗对诗人心性的诗性诠释，轻灵贴切，文质彬彬；晶莹的《踏雪访梅》，以现代意绪写古典心境，尾声一句"故事落入雪中"，平中出峭，余音萦绕；温晓云的《演绎》，将一段情感历程，于六行之内，写得跌宕起伏，笔力劲健；莫凡写《佛怨》，切题独到，自振声言"道"而入，至禅意低回而出，起首一行"都哭了——自由与信仰"，直取题意，再回旋晕染，是现代小诗的看家作法；更有蛋蛋的《星闻》一诗，语感活泼，意趣诙谐，遣词造句及意象经营，都颇得汉字汉语之妙，堪可发扬。

5

小诗写作，多以轻灵取胜，但若轻的是一只飞鸟而非一片羽毛，也不失为一种可贵的价值。在极为有限的语言空间里，如何将意趣、理趣、情趣、语趣四个基本元素融会贯通或有机重构，是现代小诗创作的不二法门。

综上所述可见，本集"小诗磨坊"的入选诗人与入选作品，皆大体不失"法度"，且各有独在发挥，尽管品质不尽整齐，却也整体呈现出一派修远而行的气息与风采，值得华文诗界做更新的期待。

古往今来，凡爱诗的人多爱饮茶。一片小小的茶叶，一杯清浅的茶汤，在汉字文化圈里，最终居然上升到"道"（茶道）的层面，为人们所心仪而礼拜，实在是东方文化的一个"圣迹"——诗为世界文身，茶为人间洗尘，由"药用"而"食用"而"心用"，入此至境，德将为若美，道将为若居。纳静气，消妄障，得素宁，发远志，静空生辉，与物为春——儒之，雅之，慧之，淑之，洗心度人，功莫大焉。

小诗虽小，若能像一片小小茶叶一样，上升到"道"的层面发扬光大，又何尝不是大功德呢？

物质时代，红尘俗世，爱诗，写诗，交流，自度，实在是一件再美好不过的事。而能缘清流结远朋，长安，曼谷，纸上小聚，诗中谈心，更是这个夏天里，令人难忘的一段佳话了。

2014 年 6 月

清流一溪：有源，靠谱，得自在
——吕刚《诗说》散序

1

吕刚新书《诗说》要出版了，于情于理，我都要说几句话的。

这些年写大小文章，总是习惯了先琢磨琢磨，咋样能得意个可得意的好题目，方能感发而就。说要给吕刚写序，脑子里没怎么折腾，就顺顺溜溜地，蹦出来这一个意象加三个关键词的题目，欣然！乃至觉着有了这个题目的提示，对知己方家而言，似乎已足以了然于心，无须我再啰唆的了。

当然还得啰唆几句才合体。

2

万斛（"门户"抑或"名家"）浊浪，一溪清流，吕刚是在时代背面发光的一位诗人和学人。

记得20年前,"长安"城里,我一直敬为尊师的王仲生先生,特意介绍那时的青年诗人吕刚与我认识,见面一搭气脉,就了然这是位骨子里有古意的主,随即一握如故,如故到现而今。

古意的源头在"君子不器",在人生"得二三知己足矣"。有这一汪汪清水在根骨里流转,便不会"枉道"以"趋势",或新贵不识旧知己。妙在吕刚古正之外,还加上一些些懒散,故而,即或置身"翻天覆地"而不断"新颜"换"旧貌"的"大时代",也能于片刻的顾盼之后,又安心于闲庭散步的自若,不会变了另一种人去。是以与吕刚20余年君子之交,清清亮亮,如两条溪流的汇合,由最初的欣然,到自然而然的修远偕行了。

这是"清流一溪"的于情之说,还得交代于理之说的三个关键词。

3

南宋诗人哲人朱熹诗曰:"半亩方塘一鉴开,天光云影共徘徊。问渠哪得清如许?为有源头活水来!"

读吕刚,读其人,读其诗文,一时便想到拿朱熹的这首诗作判语,真是再合适不过。"有源",源头还有活水,是以"靠谱",靠古往今来变不得的那份"谱",是以一溪清流如鉴开,半亩方塘"得自在"。关键是,这话说起来悦耳动容拽古人为掩护不费劲,但实际里要达至这点境界,确然要有些根由才是的。

这根由在吕刚:一则根自情性,尚趣味,薄功利;二则根自心性,天生一份现代版的传统文人气。

不妨先分开说来。

4

正值此序构思中,逛书店得刘绪源先生新著《今文渊源——近百年中国文章之变》(青岛出版社 2016 年版),读到其评价周作人散文时所说:"只是为使同道者,能会心一笑者,在孤寂苦楚中得到一种相互的慰藉。"(79 页)及引述周作人在谈翻译时曾概分三种:一是职务的,二是事业的,三是趣味的。并指认"趣味的翻译乃是文人的自由工作",而且是"一种爱情的工作"。(81 页)

如此两厢妙论,借来印证吕刚为诗为文的趣味情性,不但可"会心一笑",且莞尔得意呢。

随之油然心会,吕刚新近创制的一行诗《向一派落红的致敬》组诗中第 35 首,那个镜像般主体精神之写照——

墙角一簇黄花之喜悦之寂然之有无

5

20 年与吕刚诗路学道同行,深知其情性使然,于诗于文,大都即兴生成,非缘题"赋得",更非"学术产业"或时尚新潮的附势趋流。感发于情,缘情生趣,"一种爱情的工作",或有所得,也是如"一树玉兰的自白"(《向一派落红的致敬》第 4 首),别无他求的。

——且得注意,这诗句中的"自白"可是双关语:一是说季节里心意得趣,一时便自言自语自道白开出花来;一是暗自提示这虽得趣而无关炫耀的纯真之白,确然生来"基因编码"所致,不是故作清高染白起来的。

七个字一首一行诗,见得情性之幽微,也见得功夫之深致。

6

还得回到知堂先生那句"趣味的翻译乃是文人的自由工作",转借来说在大学教书的吕刚老师,于诗于文的心性所在。

知堂先生这句话反过来理解,或可解为:凡以趣味出发而求自由工作者,方是文人本色。

在现代社会,真要有这样本色,得具备两个基础:一是有份入世的稳定工作,二是有份出世的懒散情性;不稳定何来懒散,不懒散何来自由,不自由何来趣味?恰好,这些弯弯绕的"基因"元素,在吕刚这树如玉之花身上,一时都差不多凑齐了,方能以"现代版"而扬"传统文人范"。

——本性圆明,冲谦自牧,纯然"自白"中,"我只想与一棵树保持高度一致",更陶然于"俯下身子向一派落红的致敬"。(同上,第1首、第16首)

7

故,读吕刚其人本与文本,在在可见,一种久违了的、自我放牧不受制的自由心性与自然情性,得以在权势(主流话语的宰制)、钱势(商业文化的困扰)、时势(变革思潮的裹挟)之大势所趋中"飘然思不群",独乐于一己自在的小宇宙,外见矜持,内见诚朴,宁弱而不滥,而风范固存。

其实身处"与时俱进"的"大时代",是个人都想"进步"的。只是这"进步",有人够得着,有人够不着;有人够不着就不够了,一种聪明的懒;有人死活都要够着才行,最后人却"够"没了。

吕刚天生就不缺那份聪明的懒,是以早早就逸出"与时俱进"的道,返回自我放牧的小路上,去散自得其乐的步。

以归隐,以及懒散,而逃出桎梏,找回原本的自由——古人是有远见的;

以"自己的园地",以及"趣味",而跳出时潮,找回初心的所然——知堂先生是有深意的。

这点理,学文学又教文学且为诗为文大半辈子始终没失"古意"没丢"文人范"的吕刚,他晓得!

8

如此饶舌半天,一直主要在说吕刚这个人。作为一篇序文,依循体例,总还得说几句有关"作品"的话。只是吕刚的诗文,还真不能也不好去细说什么。或者换句话说,面对"吕氏文本",最好是细读而不宜细论。好比面对一棵玉兰,净心欣赏就是,论好论不好反而有损那一份"自白"。

所谓:有效的欣赏,无效的批评——这个理,我晓得。

当然作为知己,总得知几句才是的,不妨概而言之:其诗,有自己的语感,有独在的形式追求,并注重从日常生活、寻常景致中生发及深化诗意,平实中出清峭,温润中见骨力;其文,有学养,讲学理,不乏问题意识,不失人文情怀,加上长期诗歌创作经验为底背,或评、或论、或散议小品,都本色当行,清澄醇厚,有汉语文章的味道。

这味道,源自自由之精神,自在之趣味,"一种爱情的工作"之所得,或许再加上一点文字功夫的"调味品",读了,都晓得……

9

回头还得感念王老师仲生先生结了这份"善缘",害得"奔七"的老书生，一篇散序小文都写了近三千字。不过，此前 20 年间，屡屡得吕刚激赏，谬赞也好，诚恳也好，前后也为我鼓舞过好几篇正经评论，知己如此，于情于理，也都该投之以桃，报之以李的了。

好在桃李都是水果，不犯事的——且得打住，读《诗说》为是。

2016 年 12 月

黎明的呼吸
——冯错诗集《何事惊慌》散序

1

年时丙申,春日闲云,终南印若居发呆中,无意间脑子里闪过一句话:"错过古典,便是错过黎明的呼吸。"欣然,顺手记在日记本上。

丁酉春日,读冯错诗集《何事惊慌》,掩卷忐思,一时便想起这句话,直觉中,裁得"黎明的呼吸"作题,合适,遂有了开门见山的惬意。

题目中的"黎明",在这里有两层意思:一是指作为年轻诗人的首部结集出版,处处弥散着黎明气息,堪可激赏;二是指作为现代诗人的冯错,作品中潜移默化的古典呼吸,尤其难能可贵。

错过黎明的现代人,大体而言,无论人本还是文本,多以刚刚"入世",还没来得及调整好时空感,睁眼就是黄昏了。是以,怎么折腾，也顶多一点模仿性创新或创新性模仿，到底都归了类的平均数，处处郁闷着。

而诗人，尤其是现代诗人，其存在的根本意义，便是给这郁闷的文本与人本之语境之心境，打开一扇窗户，换一种呼吸。而，这扇窗户，一定得"错"开一下方位才是。不唯西，也不唯东；不唯现代，也不唯古典。至于具体"错法"，自然是仁者见仁智者见智。

所以，先得说"冯错"这个笔名起得好。

然后说到具体，首先，这诗集的名起得更好，一个疑问句"何事惊慌"，只是没打问号，那底里的意思是说：何须惊慌？"错开"不就得了！

冯错原本就是个"错"。

2

说起来，冯错算是我的学生。

当年，本名叫冯晓龙的"冯错"，大学没考理想，"错"进了我任职的一所以经济类专业为主的"高等院校"。这学校虽一般，却也因几位文学人的坚持，撑持起一个年年招生的文学院，以供如冯错这样的"落难才子"，好歹有个寄身安心张望前程之处。有意思的是，这所名不见经传的大学之文学院，偏偏总能隔三岔五地，招来几个"错"进了门的奇才、怪才、鬼才，在校时不显山不露水，待得"大笑一声出门去"，说不定就生出些响动来，让同样"落难"的为师，也多少得些些安慰。

这安慰便穿越八年的时空，轮着笔名叫"冯错"的年轻诗人兼书法家，来以一部处女诗集的"首秀"，欣然于愧为老诗人的为师之心了。

3

冯错写现代诗,同时又一直以传统书法为志业,出大学校门八年,现已是中国书法家协会会员、江苏省青年书法家协会理事,并随著名书法家李双阳先生,居南京古都经管逸庐书院,成为一位全职书法工作者。

冯错其书,按其发小书友杨晓辉博士题为《初心不忘,错又何妨》评文所言:"初钟情于宋人法帖,后追溯晋唐之风,尤以孙过庭《书谱》、褚遂良、二王诸帖为宗,潜心良久,临池不辍,已初现自由之境。近年来又纵横于历代经典翰墨碑帖之间,广博约取,旁通曲引,由此方才见其今日之腕底传情、笔下生风。"文章结尾处更深言之:"晓龙易名'冯错',我认为那是他对自我人生与书法道路的审视,是初心不忘的自我告诫。相信其'错'因梦而存,而梦终会因初心不忘而必得回响。"

好一个"初心不忘,错又何妨"?还是同辈知己见地独到!

如此借道而行,绕开了说来,是想特别指认:正是因了传统书法的滋养,写现代诗的冯错,才得以错开极言现代而只活在当下的当代诗歌之主流趋向,找到了汲古润今、别出一格的自在身位,复自得而适。

4

汉字、汉诗、中国书画,可谓华夏文化的三个核心元素。是以自古便有诗书画同源之说,且在传统文化谱系中,在在相生相济,偕行并举,发扬光大——要说传统,这可是我们最根本的传统。

及至新诗百年,移洋开新,与时俱进,与传统书画渐行渐远,各自孤行,乃至渐渐背离汉字编程以"字思维"为根本的表意方式，惯于依赖引进西方文法语法改造过的现代汉语，便总是难以摆脱"洋门出洋腔"的尴尬，或汉语诗性的匮乏及汉语气质的阙如。

故，近年我总在学界诗界反复强调自个儿反思琢磨出来的一个理念，即：内化现代，外师古典，融会中西，重构传统。这一理念，虽因人微言轻，反响些微，但几年反复强调下来，却也渐渐为知己同道者认同，不乏并肩而行者。——这不，山不转水转，又并肩来一位书法家诗人抑或可谓诗人书法家的冯错！

绕了一大圈，现在可以绕回来说说，何以如此"错爱"冯错了。

5

当代新诗界，以诗成名后转而拾遗或复爱书法，且不乏专业风度与水准者，近年多有所闻所见，感佩每每。然而，以书法为志业成名成家，而兼济现代诗之沉潜偕行者，似乎还不多见，一时见得冯错，又有师生之谊，便难免特别稀罕起来。及至细读其诗，释然"错爱"有底，兜得住。

细读《为何惊慌》，首先"稀罕"其少年老成，兴发下笔，控制有度，而不失形式感，有诗体意识。这说起来是个常识，实则大多稀里糊涂，关键没有"古典的呼吸"之底气提神醒脑。

而汉字书法，那可是，将形式转换为内容并和内容一起成为审美本体的有机组成部分（这是我对所谓"现代艺术"的个人定义）的"一根线"的艺术，没有形式感，永远只是个"写字的"。这道理，冯错自然懂得，也便将其自然"代入"现代诗的写作，从而不管诗意深浅、诗味浓淡，总是得体而立，且动了不少心思，比如对老诗人洛夫创生的"隐题诗"的"临帖"式借鉴等。

再就是《为何惊慌》的语感，显然已"错"成"冯家语"。概而言之，古今穿越，互文混搭，有"汉语的湿意"（《隐题诗：音尘绝，西风斜照汉家陵阙》句），也不乏现代意识。尤其对口语、时语、古语、禅语、人语、物语、星语、世语等等当下复合语境的解构与重构，颇有几分灵气。

比如《坐饮栖霞》一诗中，将王维《入若耶溪》诗中"鸟鸣山更幽"，和《阙题二首》中"空翠湿人衣"的诗句，以现代诗的分行形式和节奏，直接拆分入诗，形成古今对话中的诗性对质，平添一分现代感。

如此便生出另一点我特别珍视之处，即葆有汉语"字思维"的意识，不妨举《此刻》一诗说明，即可窥得全豹：

　　抽烟
　　是一场意外的
　　错雾

　　南京的梧桐树
　　把时光看老了
　　也一言不发

　　此刻只有
　　一月
　　喃喃自雨

短短三节九行一首小诗，却已见得功夫，见得灵活，见得汉语诗人的韵致与根骨所在。

6

由此，现在，我们可以正式称书法家冯错为诗人书法家冯错了。

诗人与写诗的人的分别，在于真正的诗人是生命中自来就有诗的人，即或不写诗也是诗人，而一旦进入诗的写作，必有好诗真诗存焉。而一般写诗的人，大多生命中原本就没有诗，只是一时爱好，偶尔与诗为伍，走了那么一段诗歌作者的路而已。

无疑，冯错是生命中自来就有诗的诗人，他也一直在如此定位并默默守望着这样的初心与梦想。诚然，因了"黎明的呼吸"所然，冯错的诗写，还不免有些松、有些碎、有些薄、有些多余的顾盼和线性的单调，且多以偶得，似乎尚未进入"专业"状态，但整体气象与语感，毕竟已"错"出身位，自得而适，且得诗书相济之利，所谓"厚望可期"，大概再不会出错。——就此打住，是为序。

2017 年 4 月

清晨的出发,或学者诗人
——宋宁刚诗集《你的光》散序

1

这是宋宁刚正经出版的第一部诗集,也是我正经熟悉宁刚的第三个年头。两厢"正经"合力,说是散序,也得正经写来,不正经都不行。

是以连题目都正经八百起来,又是正题又是副题,正题还一虚一实:一虚,是想意象性地"命名"宁刚这部首次亮相的诗集气象;一实,是想实实在在地指认宁刚作为诗人的学者型底背之所在。刚想到这样命题时还有点犹豫,觉着似乎有些语感上的生冷,后来却舍不得起来,觉着这样一搭,反生出些内里的鲜活张力,所谓虚中有实实中有虚,这个"脉象"之于宁刚,好像蛮对症,有说头,不多说些都不行。

那就这样说说看。

2

说起宁刚，一下就想起"初识"的情景。

那是2009年的暑假，快进"花甲"之年的我，正窝在西安东郊的一个小书房里，编辑校勘我的诗选书稿，听见有人敲门，一时诧异——这房子是我在自家住房之外，专门向学校借来的一套小间作书房用，很少有人知道或来访的。开门一看，赫然一陌生小伙，自报家门，说是之前写信寄诗给我过，这次专门来见。这样的事情以前常遇到，忙中多以"敷衍了事"，但眼前的小伙有些不容置疑的笃诚和热切，两眼中的小火苗，不带半点世故地忽闪着，让我感念起自个年轻时求学访师的那股子劲，随即一握便成忘年之友。

待得坐下详聊，方记起宁刚还是咱陕西"老乡"，那时正在南京大学读"研二"，学哲学却一直爱诗歌，所以知道我这么个写诗评诗的老"老乡"，趁暑假专门来西安见我叙叙。叙了些啥，现在全记不得了，只记得对"小伙"印象很深：一脸朝气，两眼火苗，三分耿介，十分自信，憨笑中有自我的信念如晨星般闪烁——套句陕西关中人的话说：憨灵憨灵的。

这一见，憨灵憨灵的宁刚，四年后便成了我的"同事"，方才再握如故。

3

宁刚是陕西宝鸡周原故里的农家子弟，地道的北方人。高中毕业后，十余年的时间里，却都在南方求学，从南疆广西，到六朝古都的南京，北人南游，游神于学，游心于山水人物，越发憨灵憨灵的了。

宁刚本科读新闻专业，想来原本是为就业而学的，硕士却转而这时代憨人才专的了心的德国哲学，专攻海德格尔。海德格尔养心不养人，亏得远在周原故里的父亲母亲解得这"憨娃"的志向，勤劳致小富，支撑其继续读博。有趣的是，这"憨娃"一边"憨"着哲学，一边却又留些"灵"心于文学，尤其是诗歌，"脚踩两只船"。本科时在新闻系，却顾盼于中文系，终而"辗转"至哲学系。身在哲学系多年，从德国现代哲学（硕士时专业方向）深入到德国古典哲学（博士专业方向），却又一直对诗念念耿耿。妙在西方的"诗学"，实际上是艺文之学；文艺学的核心是诗，故常用诗学指代广义的艺文之学，从这一点上来说，宁刚似乎并没有转行，而是一直走在同一条路上的。

正如他诗中所写，"很多人一生走很多路/也有人，只走一条/独自深入幽暗的黑底/捉住笔尖闪动的亮光"。（《在一个诗人的叙述中停留》）

如此，北方"憨"，南方"灵"；哲学"憨"，诗学"灵"。憨灵憨灵的宁刚，南方游学一圈，终于博士毕业，在我的"撺掇"之下，回返故乡省城，来屈就于我所在的西安财经学院文学院任教，随之便正经交往起来，也便有了为他的这第一部诗集的正经问世而作序鼓吹的佳话。

4

学哲学，要"读书破万卷"，得有一股子憨劲；写诗，要"下笔如有神"，得有一些些灵气。恰好，这两样宁刚都不缺，由此双栖并重，一路走了过来。

这部题为《你的光》的诗集，说是"首次亮相"，其实是宁刚从新世纪初写诗至今16年的一个总结。加上此前抄诗、改诗，浸淫其中，算来已有 20 年了。16 年创作了不到 200 首诗，不算多，当然也不算少，关键是态度认真，有一股子清晨出发时的纯然朝气贯穿始终，最为可贵。结集之前，部分诗作曾散见于海内外一些报刊和诗歌选本，少数诗作被译成英文和德文，也曾得到一些学者诗人如臧棣、黄梵、马永波等的赞许。尤其臧棣新近有一段评语，堪称到位：

　　宁刚的诗写得很纯粹，这种纯粹又不同于纯诗的纯粹，它践行的是诗的一种古老的功能，通过言述内心的志向，来完成一种生命的自我教育。在写作态度上，他的技艺偏向一种语言的耐心，诗人努力把生存的感受沉淀在词语的安静之中。于是，诗的安静成就了内心的风景。

　　在臧棣的这番知己之评中，我特别看重"完成一种生命的自我教育"这句判语。试想，若将这句判语置于整个浮躁功利之时代语境下去量度，该是何等难得而凝重的"点赞"！

5

　　汉语古典美学讲"质有余而不受饰"，学哲学的宁刚写起诗来，也是底背硬而无须"炫"，大多就近取材，接地气也接心气，以简白的语言书写生活中的点滴，以及种种微妙的生命经验，轻易不做高蹈之念，更不会随了时潮做"跟班"，没了自个的"憨灵"本色。这本色，有如他《暑中至花杨村》一诗中写的那样，"和玉米一起，一天天长高，长大"。让人油然想到木心的那句妙语："如植物生长般不露痕迹"。

　　这样的诗的成长，真的让人既放心，又喜欢。

说来仅就个人语感癖好而言，原本，我一般不爱读絮絮叨叨一根筋似的纯叙述性诗，尤其这些年更读怕了，随生出些先入为主的拒斥。刚开始读宁刚的诗，也难免有些怕，待得认真读了下去，方有小小的惊喜，原来此叙事非彼叙事也。尤其是他有些诗的"结"，结得特别老到，不显山不显水，细读进去，蓦然会心那山高水远的景深所在。再就是潜隐于许多诗中的互文技法，得法而不炫技，颇见少年老成的心境与功力。

整部《你的光》读下来，直觉上的印象，打个比喻，像咱陕西人平常爱吃的手擀面，爽滑中有嚼劲，煮得也软硬刚好。关键是那面粉是从自己地里收的，不是从超市买的。是以那面吃来不靠调料逗引舌头，全靠自个的本味香香着你。

而，若要换过常规学理性说法，仅以我个人偏见，则可用语感沉静、语态宁静、语词纯净、语境明净，而诗心敬重、诗意幽远概言之。加之下接日常经验之"地气"、上接形上运思之"心气"，整体感觉，套句"潮话"，可谓"土洋土洋"的。

6

回头还得补充点"学者诗人"的说头。

以学者诗人定位宁刚，不仅在于他以学术为重的原本身份，以及由主业延展开来的诗学论评和文艺批评（已有批评随笔集《语言与思想之间》出版。积十余年之功写成的现代诗细读专著《沙与世界：二十首现代诗的细读》也即将杀青付梓），关键是这位青年学者写得最好的诗，在我看来，大都是那些化学问之思入诗性运思的作品，如《读福楼拜书信》《与瓦尔特·本雅明》《灵魂的陶醉者》《翻译者，或诠释者》《你曾经如何使用你的青春？》等，尤其这首《一本多年前未读完的书》——

一本多年前的书
书签夹在某一页
像一杯隔夜的茶
多么希望书签夹在另外某一页
如果多年前就有此胃口和觉悟
书签又该夹在哪一页
也许能够丢开　拿起另一本
还是起身
向我南望已久的大山行进

读这样的诗，自当欣然会意：既哲学，又诗，唯学者诗人本色当行之作！

不过，话说回来，我这样下判语，或许不免有失全面和客观，或许还带着些期许性的主观——好在一篇散序已经正经得有些啰唆了，不妨就此打住，留真正可能的全面和客观于读者诗友们为是。

2016年12月

飞翔的起点
——孟想诗集《第一首诗》序

1

我不知道在我们如此辽阔的当代诗歌版图上，一年复一年，一代又一代，该有多少并非无才的年轻诗人们，被过于贫乏单薄的诗歌批评界所疏忘、所遮没，而寂寞在个我的孜孜以求中——又一个响晴响晴的北方冬日里，当我读到寄自温州的孟想的诗稿时，不由再次为这样的感慨而激动了。

五年前的深秋，在参加于温州举办的一个现代汉诗诗学研讨会中，经当地名诗人高崎介绍，与孟想认识。当时他以本名洪道从与大家交往，似乎不愿贸然以诗人自居。相处几日中，只见他热情地为到会长者服务，或默默待在一边听人交流，自己却很少说话。那种低调、沉着和诚恳，让我感念不已，知道这是一位不同一般的文学青年。

分手后，孟想一直与我保持断断续续的书信往来，但也仅只是执弟子礼，问候牵念，无涉具体要求，颇有点古风犹存的韵致，让我这观念前卫而做人传统的所谓"诗评家"更生感念。同时也暗自在心里揣摩着：有着如此情怀的道从，一定是将他的文学爱好当作"梦想"般的珍藏在心底，不肯轻易示人而持之以重的。

果然，五年后忽而就收到他发来的诗集书稿，不无惊喜地初读后，方欣慰于我当初的印象和后来的揣摩没错。

2

和诗人的笔名寓意一样，诗之爱好与写作，在孟想而言，既是一种生命意义的高远寄托，又是一种具体生活方式的个在取向，皆无涉现实功利的蝇营狗苟。

再细查其写作经历，竟然已 20 年之久，却还依然"不能够充分自信地认为自己是一个诗人"（孟想来信中语），更遑论其诗名的有无了，可见其心理机制的虔敬和谦恭，这与这多年当代青年诗歌创作中，那种趋流赶潮、各领风骚三五年的浮躁状态显然大不一样——如此生成的诗歌写作，不管其品质高低，是否成名成家，那一脉自然、自在、自由、自重的精神气息，首先就保证了作为诗性生命意识的基本认同：

　　没有落草为寇，远离英雄辈出
　　花香中的女子
　　只想做一只美丽的蝴蝶

欣然诵读《瓶子》中的这些诗句，了然原来有"道"而"存"的诗人"孟想"，在热闹的诗坛之外，在纷繁的人世之中，竟然一直葆有着这样从容与淡定的"梦想"啊！

而现在，我终于可以坦然以"诗人孟想"来称呼昔日的"道从小友"了——而且还可以坦然地向当代诗歌界介绍：这是一位素质不错的诗人。

3

首先是诗视角度的不错。

> 在这一个
> 玩法不断翻新的年月
> 星星永久提前回到遥远，而盲人的
> 双目分明看见了一切
>
> ——《公园》

"盲人"而有"双目"，并"分明看见了一切"，显然不是"盲人"，而是心里透亮的诗人自诩："盲"于世而"明"于诗，如同那"提前回到遥远"的"星星"一样，看穿了这"年月""不断翻新"的"玩法"——这"玩法"让世界、让当下的中国发生着真正"翻天覆地"的巨变，以致变得我们无所适从、无家可归、无地彷徨、无梦可寻、无"遥远"可回，便只剩下"玩法"自身主宰着这"年月"——于是只有"摇头"：

> 学会摇头。在一个偶尔的迪吧
> 不知不觉的音乐，再次堕落的她
> 酒陪着我，一盘黑色的冬天陪着我
> 剩下整个沙滩，从迷乱的眼中

荡漾到所有的人类头上。音乐继续

已经失去地球的存在！从传说中搬回
自己的躯体，等于欠下地球一次生命

——《摇头》

可以看出，这样的诗视角度是颇具现代意识的，并且代表了孟想这一代人的深刻体验，形成孟想诗歌基本的精神背景：迷乱的青春，迷失的理想，迷惘的当下，迷离的未来，迷梦无着的暧昧季节：

刻意在秋天眺望春色
丈量到的距离
正好是忧伤的雨季

春色消逝。秋天远去
看着风景的人
被困在风景的光束里

——《望远镜》

由此，对唯一能安妥漂泊灵魂之纯真爱情的渴望或失望，便成为无处不在的意绪，浸漫于孟想的诗思之中，也是他写得最好的部分：

液态的四月，被一阵不期而至的风
吹拂着。如果爱情有飞的欲望

不是纸鹤不是缥缈的云絮，那一定是

火焰的双翅从灵魂中腾空而起

——《给》

4

从上面随便引摘的诗句中已不难看出，孟想的诗歌语感也是相当不错的：纷繁而开阔的想象力，鲜活而奇幻的意象营造，令人应接不暇；时而洒脱，时而冷峻，且不乏反讽意味及文本外张力，堪可回味深思。

你看他怎样写《文化艺术节》：

文化人，艺术家，政客……
粉墨登场。在野狼和山兔隐没的年代
以绝对精神病人的姿势进入角色
谁敢冷眼相觑，谁能刮目相看
这是一个需要举行国际级辩论的问题

好脾气和无声无息构成整个节日的风格
下半夜开始见鬼的街道
还要照样见鬼。不谙行走的双脚
刹那减轻了步伐。叛逆者的心头
消失的血液，在漫长的黑夜回荡
而夜色上空的星们早已习惯沉默

这种意象化的写实能力与叙述风格，早已超乎一般，常常让人惊叹其少年老成的不凡表现。再读《波钵街在摇晃》：

青春的前脚

和一杯倾倒在吧台的鸡尾酒

不会有更多区别

但是人生的后脚

分明踩坏了时光中的叶绿素

在氧气欠缺的旷野上

有的人眩晕了，有的人

被爱情的幌子所迷惑

流落在夜半街口

被路标指到了另一个方向

似乎已无须再引证阐发什么了，我们已充分欣赏到并信任于孟想作为一位诗人的基本素质之所在。

5

然而，素质的具备并不能代表理想的发挥。缺乏对才华的"管理"以及缺少由交流带来的修正，写得多，思考得少，不善修改，造成孟想长期沉湎于一己所得，而迟迟不能进入有方向性的创作，成为耽搁已久的遗憾。

具体于文本，一些作品中，局部的惊艳被整体的迷离所消解，断连之间缺少有机的内在联系，肌理丰富，脉络欠工，多佳句而少佳篇，时常陷入听任才气挥霍的地步，反让人留恋起他早期诗歌中，那一脉爽净明快的风格，如《擦肩而过》《在细雨中行走》等诗：

在日益匆忙的水泥路上
老朋友似的小雨
又一次拍响了我的肩
我不撑伞。我只撑着往年
在南方，我习惯了潮湿，水分充沛

我喜欢慢慢地在细雨中行走
和更多的人不同
慢，那是因为怀想飞翔
这不是唯一的方式
但可以找回孤傲的对手

——《在细雨中行走》

这是孟想作为诗人飞翔的起点。

作为诗评人，作为忘年之交的诗友，我特别喜欢这"起点"中所显露的纯粹与自信，并愿以此为提示，祝"道从小友"以新的纯粹与自信，在终于开始正式起航之后，逐步扩展其"诗人孟想"之更深远而独到的飞翔——以惯有的沉着、从容与淡定，以及不断"找回"的那一份"孤傲"。

2008 年 12 月

木鱼、骨头及文化病理学
——子非诗集《把木鱼敲成骨头》序

1

汉语的"诗"字,无论古今,繁体还是简化,都带着一个"寺"字旁。故,被称之为诗人的人,或可说,常常是离"家"出走的人,所谓"背尘合觉"——敲着文字的木鱼,离群背尘,找回"远方的自己",自得于时代背面发光,虽孤寂而又热烈。

汉语的诗道,又有"诗言志"之说。志者,士子之心,士人之情怀,所谓"先天下之忧而忧,后天下之乐而乐"。故,自古无忧不成诗——作为"一个种族的触角"(庞德语),诗人是敲着自己的骨头为时代"报警的孩子"(勒内·夏尔语),虽天真而又赤忱。

故而,古今汉语诗人,有偏于敲木鱼者,有执于敲骨头者;有把木鱼敲成骨头者,有把骨头敲成木鱼者;当然,也有把木鱼敲成骨头再把骨头敲回成木鱼者。敲木鱼洗心，敲骨头明智，忧郁与警示，以及纯真的力量，在在维系——于现实中"敲"出远方！

2

上述感想，来自于研读青年诗人子非新近结集诗作《把木鱼敲成骨头》后，一时激动所得，随之又衍生出一个"文化病理学"的指认，于是便有了题目上的三个关键词，作了这篇小文的"导语"。

最初这部诗集的取名，子非自己原本定为"把骨头敲成木鱼"。这个名，取自他诗集中《一个人》一诗的结尾两句："一个人端坐在山顶，在自己的身体里/念经，打坐，把自己的骨头敲成木鱼"。想来子非是很得意这个可谓"核心意象"的，连我最初见此一妙句，也好生惊艳，叹赏如此年轻诗者，竟有这般野逸境界。但冷静下来，再通读这部诗集后，重新细细琢磨，觉着还是野逸得早了些，与整部诗集的风致不尽然合拍，遂建议改为《把木鱼敲成骨头》。

实则，在子非而言，木鱼和骨头可谓一体两面：作为一个现代汉语语境下的诗人，没有敲木鱼的心境，哪来敲骨头的志气；不经敲骨头的热切，又哪来敲木鱼的笃诚。只是仅就诗人结集的这些作品而言，字里行间，虽时有木鱼的影子浮沉，但作主要支撑力的，还是以骨为重。至于"把骨头敲成木鱼"，在年轻的诗人而言，或许，尚只是心底深处的那一缕远意之期许而已。

3

回看当下的诗人子非，基本上，还是一位以诗为锤，敲着时代的骨头，望闻问切，爱深责苛，悉心探究"病"在何处的"士子诗人"。

而我们知道：凡"士子"皆多有"洁癖"，眼里容不得肮脏，心里搁不下病状，洁身自好之外，总还要操心为斯民洗心为人世整容的，即或明知无济于事，依然要尽一份"报警的孩子"之职责与情怀——

> 他反复清洗自己，如同洗一件瓷器
> 洗掉年代、出产地，只留下瓷器
> 他想从身体里，洗出一个自己
> 可洗掉了汗臭味，留下了肥皂味
> 洗掉了影子，只留下了自己
>
> 他把洗从洗这个词语里洗出来
> 在大地漫无边际的苍凉中洗出一只蚂蚁
> 在广阔的泪河里洗出一粒盐
> 路过的人神色匆匆，没有人告诉他
> 他所用之水，早已被自己污染
>
> ——《洁癖》

读这样的诗句，隐隐可见鲁迅先生的遗脉所在。

说这话，看似一时说得陡了些，其实认真考量，百年新文化新文学以及新诗进程，无论何时何地何人何种笔墨，只要心关时代忧患，笔触人文精神，又哪里脱得了大先生的影响？何况，当年鲁迅先生锥心切切有关"本根剥丧，神气彷徨"之国民性的诊断，在今天，依然是需要"发挥鲁迅精神"而予以"反复清洗"

的"伤口"啊!

是的,一种伤口里的写作——这正是诗人子非所秉持的诗歌写作之基本立场,也是其骨正神寒之精神底背的侧影写照:"在这个黑夜里,纸白得发抖/我摁住它,就像摁住自己的/软弱与虚无,真不敢写下什么","写下什么,什么就孤独了","……每写一笔/都给世界多了一道伤口"。(《写作》)

4

原本想敲木鱼的年轻诗人,到底还是心重了敲骨头的青年使命。

细察子非这部《把木鱼敲成骨头》诗集,仅就"言志"而言,或仅就"诗歌是被交流的一种深刻的真理"(阿莱桑德雷语)而言,无异于一部当下时代语境下的"文化病理学"之诗体报告。

这份"诗体报告",直面当下,深入底里,接地气,接心气,屡屡从实景入而由荒诞出,由口语入而从意象出,且时见戏剧化的演绎,也不失寓言化的绾束,每有奇句佳篇令人击节。虽则,因年轻气盛,还处于把木鱼也要敲出骨头的季节,难免有时用力过猛,缺乏控制,生鲜中略显粗粝,但整体读下来,毕竟瑕不掩瑜。

尤其值得称许的是,子非的这部诗集诸作,无论着笔何入、结题何出,作品品质或精或糙,都始终贯穿着一个"真"字,以及穷究深问的人文精神,让读者随之一块儿疼、一块儿怕、一块儿爱,一块儿试图"跟自己讲和"进而"跟世界讲和"(《精神病患者》)而不得……直到你成为诗人的知己,并由衷地敬重这位叫"子非"的年轻诗人——一个既把木鱼敲成骨头,也想把骨头敲成木鱼,有洁癖而又直面尘世之脏,且渴望"与一座雪山接头"

(《去西藏》)的年轻诗人。

5

小文至此,可以回头略带一笔,交代一下笔者与这部诗集作者的一点"渊源"了。

我与子非原本不熟,近年方得机缘认识,结下师生之谊。此谊来之偶然,却也隐在必然。一者,我和子非同是陕南汉中"土人",同属"上游的孩子"之老乡,一握之下,自带三分亲近;二者,我和子非又同是教书之人,同属书生诗人族类,虽隔了地界隔了辈,一面之见,望气搭脉,自是九分如故;三者,我与当代热闹诗坛多年陌路,早已不堪其千红争秀的浮华,一时撞面子非这样名不见经传的"底层诗人"及其赤子之作,自然十分珍视。

如此三点,于情于理,都得叨叨几句而为之作评的了。

末了,又想到子非的两句诗,读来骨气耿耿,好生硬朗,既可看做诗人当下创作的心气所在,或也可借来看做其未来所向的期许,并就此打住——

> 敢于站在悬崖边的人,悬崖和他
> 同时获得了应有的丰富与高度

——《悬崖》

2018 年 10 月

"以露酿酒"与"深醉的绝响"
——《路漫诗选》序

1

原本,连诗人的笔名"路漫"之寓意所在,都是要为诗、为个我的宗庙与众生的诗意栖居,而潜沉修远的,却天不假年,在18年前的那个暮春,便英年早逝了。

18年后,《路漫诗选》的书稿,经由他的妻子栾辉的精心整理和编选,并确定了出版社后,让我为之作序——面对这一份沉甸甸的委托,早已疏离当代诗坛的我,一时真不知如何说起。

仔细回忆起来,我在路漫生前,与之实际交往并不深厚;或者说,正有待深入交往时,他却离开了他为之深情眷恋的诗界。犹记十年前,在我主编《你见过大海——当代陕西先锋诗选》时,就想到要为路漫的诗路历程做个正名的,可惜当时因各种缘故,未能联系到他的家人，临时空缺，让我一直遗憾至今。如今忝为作序，也就算是一个迟到的弥补吧。

2

按当代诗歌界习惯性的代际划分，路漫属于"六零后"诗人族群，尽管至今，在这一诗人行列中，路漫依然声名寂寥，但这丝毫不影响他诗性灵魂的光而不耀："我只愿离开躯体时/能够微笑，能够快乐/能够本心与你相近"（《瓶》）而"一切置身死地而后生的可能/在于你敢不敢平静地捍卫呼吸"。（《呼吸》）

实际上，至少在当年的陕西诗歌界，路漫的过早去世，无疑是一个无可弥补的精神空缺——20 世纪 80 年代后期到整个 90 年代，可以说，路漫及其诗歌的存在，为"民间立场"与"先锋诗歌"意义层面的陕西诗坛，留下了别具价值的浓重记忆。

或许，对于作为诗人的路漫，今天的我们已经说不出多少有关他的"典型事迹"之记忆了——那个笃诚、热切、充满书生意气以及天生忧伤的诗人形象，实在太不像"典型"意义上的陕西诗人——至少在我的印象中，这位 1985 年毕业于北京大学哲学系的诗人学子，虽从陕西走出又回到陕西，却好像并不服这方"水土"，而一直眷留于未名湖畔的北大"气场"，复郁郁独行于沉闷的"老陕地界"。

这一点，从他的诗中就可隐隐觉察到——

秋日的天空高不可及
季节随落叶袭风而行
谁的心情是一排箫

> 一排炸裂的石榴含而不露
> 让我们听见菊花破碎的叫声
>
> ——《秋日的天空》

这样的诗句中，甚至可以"闻到"天才诗人海子的气息，某种息息相通的北大精神底背所生成的诗性"呼吸"。

有意味的是，当这种"呼吸"转而面向陕西文化地缘"发声"时，"回乡"的学子诗人路漫，好像一时半会很难摆脱"水土不服"的尴尬。试着细读那些占有一定数量的写给"大西北"、"黄土地"、"深情难懂的高原"和"小村故事"的诗，以及有关"窑洞"、"驼铃"、"船工号子"、"父辈的创业史"与"我的诞生"的诗，不免在"与时俱进"的背后，有"背道而驰"的种种缺憾令人惋惜！但当其诗思与语感一旦回返他学子诗人的本色，回返以"北大精神"与"哲学气质"为诗的坐标，转而关注"时间的锁链"与"生命的重量"，以及"燃烧的露"、"开花的水"、"火的祈祷"、"日光的舞蹈"以及"解冻的词"时，顿时慧照豁然而卓然高致：

> 与灵魂有关的燃烧
> 照亮雪花的激情，惊退暗夜
> 诗人坐在酿酒的屋子
> 静候高粱深醉的绝响
>
> ——《一首诗的诞生》

3

人生苦短，譬如朝露；"以露酿酒"，静候"深醉的绝响"！

此一路漫诗歌之核心意象，既是其诗歌精神的经典写照，也婉转定义了其诗歌作品的审美取向——他是高蹈的，真诚的高蹈；他是浪漫的，恳切的浪漫；他是有关灵魂的，忧伤的灵魂；他是叩问生死的，诗性的生死。"在大地开满钞票的今天/我坐在屋里，把灵魂献给菊/祈祷无花果内潜在的安宁"。(《局外》)

这里不妨做一点引证：路漫去世前五年，即1995年的春天，33岁的诗人终于正式出版了他的第一部诗集，并将其命名为《灵魂根据地》。在短短的"后记"中诗人深切地写到："在这个苦难与幸福共存、幻想与幻灭同在、战争与安宁并置的世界上，一个诗人要保持住一个梦、一种感觉、一份真我，需挺住各种考验；挺住虽并非意味着一切，但必须首先这样。"诗人进而坦诚告白，他的写作，重在关注灵魂："我始终觉得自己的每一首作品无不与'灵魂'这两个字息息相关，血肉相连。"

实际上，作为一位内心与菊为伴的"都市隐者"(《诗艺》)，诗人路漫在其有限的诗歌写作中，无论手中的那支笔涉及到何种题材，最后都将其归纳于所谓"灵魂根据地"的语境之中，予以或独奏或套曲式的"自我互文"性呈现；或者换一种说法：短短不足二十年的路漫诗歌写作，整体看去，更像是一部互动、互生、互为指涉而有待独立成章的"灵魂交响曲"，贯穿始终的，是其学子诗人之思与诗的精神气质和人文情怀，如风行水流、气血沛然，让我们不再苛求于单篇诗作的至臻与完美。

——正如诗人自白："终生创造一首曲子"，以及"一种刻骨无息的歌唱"，而"超越语言和诗"。(《箫或雪》)

4

诗意如灯，天心回家。

回家后的路漫，在天上看着我们，那眼神，依然那样笃诚、恳切、充满善意的期待和一抹天生的忧伤——

> 你只是一芽新月，在星际练习发音
> 就像九月的蝉居高自远
> 沿桂树最初的轨道，切开流水
> 用淡泊的纹路把裂肺的隐痛展平

——《语言》

2018年2月

以诗为家
——沙陵、毛娅、田苗诗集《黑白灰》序

1

或许，这部题名为《黑白灰》的诗集，仅就其版本学意义而言，也值得格外珍重。

这部诗集，既是一部诗歌创作之三人合集的具体作品文本，又是一部诗歌家庭之美好唱和的特殊纪念文本——创造这个特殊文本的三位作者，一位是刚刚逝世一年的诗人父亲，一位是永远以父亲为精神家园的诗人女儿，另一位，则是一直以父亲为精神偶像的诗人儿子。他们是以诗为家的浑然整体，又是独立个在的纯然诗人，于是这部诗集的每一首作品，既是一又三分之一的闪光，又是三三得九而九九归一的绚烂。

而最终，诗人儿子将其正名为《黑白灰》，其苦心孤诣，令人肃然！

2

"黑"者,诗人父亲沙陵。早年成名,一生为诗,92岁天年仙逝,在诗歌家庭的黑纱和白花之护送下,往生去我们视之为"黑暗"而其实是另一种"大光明"的所在。实则即或是在为诗而活了一辈子的"光明"的"此岸",原名田琳后以杜少陵杜甫为追慕的诗人沙陵,由于各种遭际所限,生前一直郁郁而行,且屡屡被误解和遗忘"拉黑",并未得到应有的荣耀之照拂。

然而,这位苦行僧一般的老诗人,终其一生,都以至深的虔诚,以诗性生命意识之信仰,为光明而歌唱,并尽其所有的可能,将心中的光明:真善美的光明、诗的光明,奉送给他所有的亲人、友人和为精神黑暗所困的人,成为真正意义上的暗夜中的烛火与星光,一颗永生的诗的黑水晶!

> 纵看是山的倔强、骨的峥嵘
> 横观有浮士德的热忱——
> 一个叛逆者的个性
>
> 留于今天一半
> 寄予明天一半
>
> ——沙陵:《纤夫》

3

"白"者,诗人女儿毛娅。生长在诗歌家庭的毛娅,在生命的清晨,就了悟到:"天堂的琼浆/一定是用处子的泪水/调制的",(毛娅:《无题》2)是以早早就预支了一生的淡季,自在自乐自我欣赏在洁白的梦想中，生怕有什么不屑之物的沾染，污了这份诗性的纯白，而再也不愿旁顾。

由此，这位长不大也不想成熟于俗的女孩，像一朵青莲，"有一种月色的朦胧，有一种星沉荷池的古典/越过这儿那儿的潮湿和泥泞而如此馨美"（台湾诗人蓉子《一朵青莲》诗句），并以此为这个人间小教堂一般的诗歌家庭，奉献所有的爱心与"春之香"——

　　　　过一片云，淡一些惆怅
　　　　走一段路，筑一层梦想

　　　　　　　　　　　　——毛娅：《春之香》

4

"灰"者，诗人儿子田苗。作为诗歌家庭最小一员的"苗"，先是喜欢画油画，还为诗人父亲做过一座颇为传神的头像雕塑，然后在一种默默的崇拜中，于生业之外，一边画画一边又写起诗来。

在这个诗歌小教堂里渐渐长大的"苗"，后来尽管也成了家，做了夫婿又做了父亲，却一直良善于小家与大家抑或现实与梦想之间，出而入之，又入而出之，兼有艺术家和牧师般的双重气质，一种作为生命底色的"高级灰"，昭融着人世的斑斓与驳杂。

是以，以诗为家的这棵"苗"，也像诗人姐姐一样，不愿去长成一棵怎样呼风唤雨的大树，而乐于在常常的"失眠"中，如一只"不安的老鼠/在夜里，嗅出/蝶的美丽"（田苗：《赠诗人飞燕》）。然后，顿悟——

>   万物生灵都是一首歌
>   无论欢乐与悲伤
>
>   高贵的太阳落泪了
>   我喜欢影子刹那间的真诚
>
>   ——田苗：《唱歌的眼睛》

5

以诗为家，一个童话，一个以"黑白灰"为底色的诗歌童话，在浮华而艳俗的时代语境里，那样沉静而固执地存在着，无所谓讲述也无所谓倾听——

"很多虚白　很多灰云　很多迷离/很多季节和收割分离"（台湾诗人蓉子《白色的睡》诗句）；而"真实在真实下丧生/忧伤在忧伤中朦胧"（沙陵：《上帝的遗弃》），"我欲借助星光/扶起心上的篝火/照亮童年的梦"（沙陵：《画梦剪影》）。

而，但凡美好的安顿，总是趋于完善。在这个诗歌家庭教堂里，在三位"黑白灰"作者的背后，还有两位不写诗的诗人：诗歌母亲任树华和诗歌大哥田禾，作为另一层"高级灰"的深切，如精神底背，支撑着这个诗歌之家的闪光与绚烂。

而所有的童话元素，正因此聚合而成，而生生不息。

6

以诗为家，为诗家主妇，出身名门，屈贵清寒，作为中学语文教学名师的任老师，在永葆女神与慈母般形象，于无数青涩学子之永存记忆外，更以永不褪色的嬷嬷般的微笑，及永无懈怠的农妇般的劳作，默默撑持着这个诗歌之家的清雅，和自己与生俱来的高贵，成就了一部中国传统知识女性史诗般的现代童话。

以诗为家，为诗家长子，生来命贵，不愿虚掷，那个叫"田禾"的不写诗的诗歌大哥，视一切名缰利锁为浮云，便安安生生地做了观众，虚虚静静地做了读者，喜好杂学，乐于收藏，闲云野鹤于自在小天地外，唯恪尽孝敬父母之心和关爱弟妹之责为是，成就了一部中国传统文人之现代版的散文诗。

7

以诗为家，这个家还有一个外姓成员：笔者本人。

45年前，在汉江上游的老家勉县小城，22岁的我，有幸拜识从西安流放到勉县，而后暂时安排在县文化馆工作的沙陵老师，从此走上了新诗创作和研究的道路，也由此走进了一个以尊师为家神的诗歌之家，亦师亦友，相知相亲。后来，虽因各种原因日常往来不多，但深心里一直敬重有加，疏于交集而心念每每，年复一年，念念耿耿。

犹记，45年间，不知有多少诗歌作者和诗歌爱好者，陕西的，外省的，成名的，要成名的，或拜师于"沙陵老师"门下，或求教于"诗歌之家"堂前，流布佳话无数，称道诗坛内外。其功德之泽被，可谓深广；其风华之涵咏，实为细切。而终归，风流云散后，堪可告慰的是，在45年后的冷冬天，只有我这个"老弟子"作为诗人的唯一"代表"，哀悼于先师的灵柩前，一时茫然不知如何面对这般落寞，更不堪回首那时风华

而再次堪可告慰的是，在临近先师逝世一周年之际，我这个诗歌之家的外姓成员，又得以为这部《黑白灰》诗集作序，心里也稍稍释然许多……

8

至今记得,尊师生前热爱的作家中,最是斯蒂芬·茨威格让他着迷。

1936年奥地利诗人里尔克逝世十周年时,茨威格在伦敦所做的演讲中,有这样一段话:"在我们的时代,纯粹的诗人是罕见的,但也许更为罕见的是纯粹的诗人存在,一种完整的生活方式。谁有幸见到在一个人身上,典范地实现了创作和生活的这样一种和谐,谁就有义务,为这种道德上的奇迹,给他的时代和也许给此后的佐证做出贡献。"

是的,我是有幸的。我在我所经历的时代里,有幸见到了这样的诗人:诗人沙陵;还有这样的以诗为家的沙陵一家,和他(她)们的生活方式。当然,我也就责无旁贷地认领了这份义务,为这部堪可纪念奇迹之存在的《黑白灰》诗集,写下上面这些"佐证"式的文字,权作小序,或可以此告慰在天堂微笑的尊师和尊师母。

2018年12月

背尘合觉自在行
——《吕刚诗选》序

1

吕刚教授是个可爱的诗人，喜好文学的西安大学生们，一届一届的都知道；教授诗人吕刚诗写得好，钟情诗歌写作的陕西诗人们，一个一个的都清楚。

只是，若走出西安，走出陕西，诗人吕刚的名头，好像就不是那么响亮了，特别是那种"与时俱进"式的响亮。好在，这种现代汉语特色的、被我习惯性地称为"虚构的荣誉"的说头，吕刚教授从来就不在乎；有些"自恋倾向"的诗人吕刚，一路走来，在乎的只是他自己的感受，抑或三两知己的"唱和"，以及弟子们水流花开般的因缘际会。

这，就对了。

如此现代版的传统文人路数，吕刚一以贯之风轻云淡地行旅

30年，一时便难免小小地得意也小小地惆怅起来，想着该为自己30年的诗旅历程做个小小的总结才是，便有了这部《吕刚诗选》的结集出版，也便害得我这20多年君子之交的老诗友，再次为之"捧臭脚"而添佳话了。

其实，心里是高兴的。

2

古往今来，诗者，概而言之，概而分之，大体有庙堂诗人、书斋诗人、行旅诗人三路。

在中国，庙堂高居于上，乃权力的象征，是以，庙堂诗人多颂词，乐于"捧哏"角色；书斋者，学问之所由来，知识的生产与拥有者。是以，书斋诗人多智语，恪守"言志"立场。行旅者，人生之过客，或践行或观察者。是以，行旅诗人多自言，倾心"一路上的风景"。

人生在世，为生存，谋发展，自觉不自觉地都要选择。诗人也一样。如法国哲学家萨特所言：你的选择，决定你的存在。

教授诗人吕刚是怎样的一个选择呢？

作为20多年的知己诗友，我读吕刚，觉其不在庙堂，也不拘于书斋，而更多行在旅途。故，他不是庙堂诗人，也非正经的书斋诗人，硬要归类，可归为一位现代版传统文人式的行旅诗人。——此处有其代表诗作为证：《青岛印象》《藏行偶记》《新疆：看到与想到的》《西行散记》《榆林风物》《杭州即景》等，由东到西，自北而南几乎走遍了。间或海外、国外行旅，都有诗作存焉。

吕刚的行旅诗，行有所观，观有所思。在淡静的表面下，有深在的对于生命和人性的感悟与反省。比如他杭州组诗之《登雷峰塔》，写西湖景致——"上了年纪的山水 依旧/俏江南模样"。乍看是写江南山水之美，细思还有对于人生苦短、物是人非之命运的感慨。不能简单表面作单纯的写景诗去看。

再如《西行散记》之《月牙泉》，于写景简括自然，于论理藏而不露，尤其游丝般细切的色与空之证见，直指物性与人心。

当然，话说回来，吕刚绝不是为作诗而刻意行走天涯的诗人。这，就另有一些说头了。

3

原本，人生如寄旅。

吕刚在大学教书，上上下下的课堂，进进出出的校园，是他生命的另一旅程。如此大半生，视课堂为庙堂，认校园为家园，清着、贫着、淡着、雅着，渐次习以为常，为人做事，包括为"圣神的文学事业"，皆任神行而空依傍，每每看重的，多以是日常生活的意趣与细微诗艺的追求，所谓随缘就遇，而林风有仪、云水无痕。

此处也不乏举证：近几年，吕刚接连推出的几个一行、两行组诗，就是他着力用心、自觉探求的结果。

比如二行组诗《你轻拍了一下自己的肩膀》之第3首——"电梯里姑娘赧然一笑/撼动你一树桃之夭夭"，写日常生活中之所见、所感，用了现代诗不常使用的隐括手法，将《诗经》中一句古诗镶嵌在一句现代诗句中，自然、贴切，意蕴饱满而丰赡。

再如一行组诗《向一派落红的致敬》之第6首——"你是人间四月天之最难将息"，照直将林徽因的诗句（《你是人间的四月天》）与宋代李清照的词句（《声声慢·寻寻觅觅》）糅合起来，做一种含蓄而矛盾的情绪表达。

再如同一组诗之 38 首——"多情应笑我染黑华发",化用苏东坡"多情应笑我早生华发"的句子。一个语词的改变,将人生的悲剧化为喜剧,而内里其实是悲喜剧。别具诗意效果。

隐括,或叫用典,这种表现手法,自胡适发表《文学改良刍议》一文,将其做了负面讨论之后,现代诗人基本废而不用了。但吕刚将其培植嫁接,重新复活,引发新意,实在难得。其实,这也暗合了我自己近年来所提出的"外师古典,内化现代,通合古今,重构传统"的诗学理念。正所谓,周命维新,其来有自。

写日常生活,而要表现出诗意,且只用一行诗句,又欲诗意不那么单薄贫瘠,这种艺术张力的把握与营造,实非易事,弄不好,就是一句松松垮垮、平淡无奇的大白话,或者是故弄玄虚、耍滑炫技的调皮话。读吕刚的一行诗,不是每句都出彩,但精彩的诗句不在少数,可谓难能可贵。

4

吕刚写诗 30 年,作品数量不算多。这跟他懒散的性格有关。当然,也与他对诗艺的持守精神分不开。

吕刚曾给我讲,他看待艺术作品的标准有三条,即古典情怀、现代精神与后现代手法。我基本赞同他的看法。但我理解,所谓的古典情怀,具体到一个现代诗人,应该具有美的、悲天悯人的理想;所谓的现代精神,就是对社会、对自我的怀疑、批判与反省;所谓的后现代手法,则指诗艺的表达,各种表现手法都应通达无碍。

那么,吕刚的诗究竟在多大程度上,有哪些作品符合了这样的艺术标准呢?我想,读者自会有自己独在的、智慧的评判。用不到我在这里越俎代庖,替人说话了。

却又由此，多出一点与吕刚有关，更涉及当下汉语诗歌行状的分延思考，不妨话赶话多啰唆几句。

近现代以降，几乎所有的言说，都在忙于为世界寻找新的标准答案，以便调整方向寻求新的与时俱进。唯诗人背尘合觉，在时代的背面，为世界寻找标准答案之外的感知与表意。——此乃诗的现代性或所谓现代诗的真正筑基之处。

而，当此万物互联全球一体化之大变局，文化与时俱进，必以量变而下行。艺术则由此二分：大路者，顺势而为而下行，普泛化，通俗化，大众化，娱乐化，得与时俱进之功；小径者，脱势就道而上行，高雅化，典律化，小众化，精英化，得反常合道之道。各得其所，无所谓对错，唯争当下与留千古之分而已。

故，凡人文学科，包括文学艺术，之守，之变，之位格所在，任何时代及任何挑战下，只须记住汉语古训"背尘合觉"与"反常合道"即可，凡与时俱进随机应变者，皆不可取。

若以上谬言还说得过去，再以此回头掂量教授诗人吕刚的文本及人本，或可豁然：原来风轻云淡式的懒散与自恋，倒也不失为一种柳暗花明式"获救"之途？

其实此一指认，无须多言，吕刚早就了然于心。而有幸读了这部诗选的诗旅之友，也自会于心了然而然了。

5

总还得有个尾语。

到了想说的是：真的好诗、好诗人，必定是他的人比他的诗更要好，方得文质彬彬之外，更直见情怀与性命。

所谓：诗文的张力，是人格的张力；写作的维度，是人格的维度。

好人，好诗，好风致，21世纪的"长安"城里，得有几个如吕刚这样的诗人，亮眼提神才是。且待天凉唱好秋时，便又添续了几个好故事，留待传说雅正，多好！

是为序。

2019年8月

展开的河流
——《陆健诗选》序

似乎已不再是行色匆匆的年代了——在诗坛,许多人已背着"收成"回家,或怀揣声名的"支票",挤向"沙龙"寻找着自己的"位置"。尽管,距离那个预约的"庆典"还相当遥远,而仍在路上的长途跋涉者,已越来越少见了……

正是在这样的、仍处于过渡形态的季节里,我再次见到诗人陆健,遂为他一如既往的行色和朴实执着的气息所感染。虽然已是午后之旅,他依然在路上,依然以青春般的热忱,甘于"用全部的自己去拥抱一小片世界,并注定要和自己做终生的搏斗"(陆健语)。浅近的功利无法安妥这位诗人的灵魂,那份对生命的诗性许诺,成为一个一再后移的"所指"。——正如友人所指认的,他是一位"在日积月累中逐步显示其光芒的诗人"(杨吉哲语)。

十年前,陆健曾在他的诗集《爱的爪痕》后记中写道:"我确信自己能够成为诗人，但只能是披肝沥胆才能学有所成的那一类。"十年过去，陆健没有匆促磨出一把剑去吓人，而是依然不动声色地"磨"着，而岁月也正重新确认着像他这"类"的诗人们，对于整个过渡时期的中国诗坛，有着怎样重要的存在价值。——正如我曾经预言的："也许历史从他们肩头跨过去时，不会断裂和陷落。"

陆健的创作横穿整个80年代，然后，以潜流式的稳健常态深入90年代的广原。此时，许多曾经的激流飞瀑，多已滞留为湖为沼，他却在自省、自律、自我推进之中，展开为一脉水静流深的长河，在集结中开启新的步程。"这条河不断变幻着他的姿态，不慌不忙地向前流去。它没有震耳欲聋的惊涛，有的只是不断拍击着岁月与人生堤岸的、顽强的生命波浪。"（单占生语）

如今，这条河流已成为一个自足的整体——诗人以现代意识为底蕴，兼容浪漫主义和现实主义情怀，承领传统的余泽，不断吸纳新的营养，遂以多元整合的态势和边缘深入的路向，成就为一派独在的艺术空间和精神空间。

所谓"边缘深入"，是说陆健的创作路向，一直既迥异于主流诗歌之外，又游离于先锋浪潮之外，既不设防，又有所拒绝，丰实的主体，向整个存在打开，落实于笔下时，却又恪守契合自己本源质素的选择，不为潮流所迷失。

应该说，陆健不是一个富有原创性的诗人，但不失为一个在经典和实验的投射下，善于吸收、创化和精耕细作的诗人。在历史的推进中，他可能显得不那么重要，但却保持着常在常新的优秀品性，而自甘认定的"边缘角色"，恰好成为这一品性的保护和滋养，并在不断的深入之中，具备了"多元整合"的能力。这一能力的有与无、大与小，已成为世纪之交的时空下，判断一位诗人能否走向未来的重要标志。

由此，我们看到陆健的诗歌世界，有着相当广阔的视野和多彩多姿的景色。其作品的内容涉及历史、文化、人生、爱情、理想、苦难、人物与儿童，形式上则无论长诗、短诗、组诗以及史诗，都有独到的建树。诗人还创作了两部可称之为"专著性"的诗歌专集《名城与门》和《日内瓦的太阳》。前者以类似音乐套曲的新颖结构，为48位"中国现当代文化名人"塑像；后者以系列长诗的形式，借助对国外七位历史名人的追述，切入对西方文化的诗性思考。这两部"专著"，精神含量大，艺术品质纯，结构独特，风格迥异，显示了诗人深厚的艺术功底和创造力。

当代诗人中，包括一些成名诗人，其思与诗之间，亦即其所要表现的和通过文本表现出来的之间，常有较大的落差。陆健则不然，不但少见这种落差，还常有"溢出效应"，即表现出来的时常会超过其所欲表现的，显示了诗人扎根甚深的修养和异于常人的"工作状态"。

如此，欣赏陆健的作品，我们会时时感到，无论是对意象的创化，还是对叙述性语言的再造，无论是写实还是抒情，诗人都有较为成熟的把握，字里行间，总有综合性品质的光晕润活其中，每每令人折服。

总之，这是一位"在限制中获得自由而进出灵魂的欢呼"的诗人，这样的诗人是值得信任的——而"信任"在这个时代，已成为最后的尺度和依据。

有过"青春写作"历程的陆健，在经由长途跋涉的磨砺之后，已以一个成熟的诗人姿态步入跨世纪中国诗人的行列。可以想见，在更新展开的诗路历程中，在那个被执着的目光擦亮的远方，必将还艰难的人生一个金子般的承诺，而无悔于他深爱着的一切。

1997年6月

为诗的诺言书写寂寞
——刘文阁诗集《诺言》序

1

  诗是诗人许予生命的诺言,并因此在这个欲望急剧物质化的时代里,认领一份寂寞的洗礼,且视之为不得不的宿命。在八十年代新诗潮初起时,诗人或可在那个视精神启蒙为荣的文化语境中,获得些许精神贵族的光环之照慰,及至商业文化和消费文化以及娱乐文化全面主宰时尚的今天,真正的诗人,则只有寂寞可守了。

  而诗的诺言,正是在这寂寞中显出它特殊的价值,为诗人所珍重:

> 我知道今夜
> 豪奢在街上横冲直撞

> 冷漠离得很远
> 功利离得很近
> 我也知道诱惑就在门外
> 举着它的拳头
>
> 但我暗暗告诉自己
> 别怕
> 没有哪条黄金的锁链
> 能带走这些翅膀
> 带走诗的光芒

——《想起老电影》

这是诗人刘文阁在世纪交替的时空下,写给自己也写给这个时代的诗性告白。这告白让我们欣慰地看到,在中国、在北方、在这个已辨别不清是传统还是现代的西安城中,仍有如此执着的生命,为诗的诺言而寂寞地燃烧。

2

文阁写诗已十多年了,先后有《进程》《与菊同行》《蝴蝶在门前死去》三部诗集出版。新千年伊始,他又以一部新结集的《诺言》,为默默前行的诗性生命饯行。

也许,认定诗除了作为诗性生命的许诺外,再无其他什么期许,文阁除了醉心于写作,从不解诗之外的经营为何物,因此,文阁在今日诗坛的名头似乎并不叫响,但他笔下结晶的诗质,却一直颇有成色。

"比之一些更具先锋性的青年诗人来说,刘文阁不曾以极端性的写作为自己聚拢批评的光圈,但却使古典性写作在自己的两全努力中,有了更广阔的前景。"诗评家燎原的指认是中肯的。"远离路/便远离了劫持/远离导游/你离自己更近"(《与众不同》),而"那真挚纯朴的情感/明星们永远学不像"。(《月下树》)

面对扬沙飞絮的浮躁诗坛,文阁也曾自诩:"我们紧握手中的石头/识别飞尘和泥沙/把亮闪闪的金子/留在内心深处"(《沉默是金》)——这些写于出发时的早期诗句,早已勾勒出诗人至今初衷不改的风骨。尘埃落定,当我们抖落一肩虚浮的潮流之泡沫后,走近文阁,走入他信守"诺言"的诗行,有如"回到了一粒健康的麦子"。(《秋天以前的诗人》)

主体风神的端肃中正,使文阁的诗创作,很快便摆脱了青春激情型写作的羁留,进入心中有数、脚下有路的常态发展,形成契合自己生命形态和审美心性的艺术风格,"在九十年代中期成为引人注目的个例"。(燎原评语)

3

仅就题材而言,文阁的诗,大多落视于历史人物、文化遗迹和现实征候,以文化批判的眼光切入题旨,有精微的洞见而不落"宏大叙事"的迂阔,举重若轻,以小见大,骨力劲健而风姿隽爽。

至《诺言》一集,则集中于对日常生活的诗性观察与思考,追索经由商业文化和消费文化的切割,碎裂为琐屑的生命何以存在?检视是一只什么样的手,在这个时代里"完成了这都市/却打碎了灵魂",并指认何以"风来雨往/那些碎片既不会死去/也长不出新芽"?而且,"踩着任何一个碎片/在深夜都无法回到家中"。(《灵魂碎片》)

以历史鉴照现实，以现实反思历史，且将之时时浸润于对曾经灿烂的古典、正在颓败的自然和渐行渐远的美好人性与精神家园的眷顾情怀之中，由此形成的意义张力，使文阁的诗作，处处见得现代性的锐气，又处处弥散着古典的光晕。

4

载道而不失风姿，在于心性，更在于语言。文阁的诗歌语感颇有些少年老成的味道，上路不久便自成一体，运用自如。

细究其语感特征，可用"夹叙夹意"四字指称。"叙"即叙述语，"意"即意象，以叙述为经络，以意象为关节，语境清朗又不失意趣。

这里的关键，在于如何把叙述语写得有诗味，而不完全依赖以经营意象为能事，导致语境混浊且阅读滞重。

文阁于此道显然心有灵犀，他不乏创造意象的能力，诗中常有"妙意"横生，见得功力，但他更注重怎样在叙述中活色生香，让叙述自身活泛起来，加以意象的点染，自是相得益彰。"树没有许多杂念/因而个子长得很高/歌飘得很远"（《树悲》）。这些早期的诗句，便已显露出诗人拿捏叙述语的素质；"四时更加简洁/市场的刀锋/只裁出旺季淡季/而感情一词的能见度/却越来越差"（《神经》），新近的字里行间，自是越发老到了。

5

而，对许多诗人来说，实力和成就，常常并不能等量而观。

文阁写诗十多年，虽一直保持在一个稳定的水准，却也同时陷入了一个等级重复的局面，有待新的突破和飞跃。尤其是，部分作品题旨过于明确，语感的娴熟中也渐少了异质的追求，而至今缺少有影响力的重头作品，也是让诗友常生抱憾之处。

做人，可以不显山不显水，默然而沛；

作诗，则应有不断的探求，见流水也见波峰。

好在文阁在同辈诗人中，始终保有纯正的心态，不躁不懈，是准备终生恪守"诺言"的诗人，那么，新的丰沛和突出，自是可期可待的了。

2000 年 1 月

荒火之舞
——杜迁诗集《火焰的回声》序

1

杜迁是我的学生，为学生出书写序，作老师的自是责无旁贷。

其实教中文的老师，打心里原本是有些怕给学生写序文的，尤其是为爱好创作的学生写此类文章——大学不培养作家，课堂上教不出诗人，有如马棚里长不出宝马良驹一样。可学生自个迷上了创作，你又不能去阻止他。于是，激赏也不是，怕鼓励错了方向；校正也不是，怕误伤了天才。再要碰上老师自个也是走火入魔兼顾创作的，那便有了双重的尴尬。如此尴尬为文为序，大多怕都成了应酬文字，走走形式而已。

好在我所在的大学所教的学生，皆十分务实，也便少了这份尴尬。而终于有了这样的"际遇"，还非一般"业余选手"式的"打扰"，而是真正值得激赏值得举荐的奇才之作，便尤感快慰与激动——在我不长不短的写作生涯中，第一次以师长、同路人和欣赏者三重身份写序，颇有点新奇的感觉。

2

教书之外，我也写诗写诗评，且是先做了诗人诗评人而后做教书先生的。自己成长的经历，让我常常怕去面对和自己一样曾经经历而正在被对方经历的文学人，尤其是无以数记的文学青年，这是一种连我自己也说不清道不明的奇怪心理，且总是无法化解。

我只知道，至少就诗的创造而言，真正优秀的诗人都是天生的，不是成长起来的。我的诗人朋友麦城有一次很诚恳地对我说：作为诗评家，你知道好诗是什么在哪里，但作为诗人，上帝却没给你那只特别的手，所以经常够不着！这话让我绝望又让我清醒；绝望而不再虚妄，清醒则得以澄明，从而安心本质行走，或可留下一点真正属于自己的东西。

事实确实如此，优秀的诗如同优秀的诗人一样，其成熟的过程有如植物的生长一样不露痕迹。那是基因使然，学不来（作为学生），也教不会（作为老师），这很残酷，也很真实，真实得让人相信上帝确实存在。

由此，面对杜迁的这部处女作结集，让我有一种摆脱现实身份困扰而恢复读者与评论者角色的惊喜；学生的杜迁也便转换为诗人的杜迁，成为我的同路人，我欣赏而感佩的对象。面对这样的处女作，我真的深深为之惊叹——这是以"初稿"完成"成熟"的创作，这是以"出发"步入"秘室"的探求；我甚至不能说他比我写得好这样的话，因为这是从另一个源头走来的诗人，而且，他似乎一开始就握住了上帝的那只手，虽然一时还不免有些无名的慌乱和不知所措。

3

读杜迁的诗,直觉的感受,是面对一片未经驯化的生命的荒火,在遭遇诗的语言诱惑后,所迸发的蓬勃激情与炽烈燃烧。在这片荒火的背面,是历史的黑与生命的暗,是炭与铁的底衬,构成红与黑的基调。这基调色彩分明却含义模糊,只是以燃烧的快感引发文字的奇遇,让你惊奇而无法释怀。

以冷静的所谓专业的眼光去看,这位年轻诗人的那支笔有些缺乏控制,大量的诗作给人以局部惊艳而整体不够完整与精到、常常显得有些用力过猛或心力相悖的遗憾,但若读久了真的读进去了,就不再会冷静也无所谓专业不专业,只是迷醉于那种被吞没又被高举的感觉,并最终明白:荒火的燃烧没有章法,既不受灯火管制,也非烛光的设计,更不具备霓虹灯的花样款式,但它是生动的、活跃的,原始的生动,野性的活跃!

4

这是生命的荒火——雄奇、开阔、热切而自然,时有强赋的色彩,但总不失本质的率真。

莫名的忧伤、莫名的愤怒,没有目标的发问、没有归宿的游走,以及看似逃避而转身他去中的寻寻觅觅……这荒火与狭隘的时代精神无关,与浮躁的时尚气息无关,甚至抽空了时空的界限,成为超现实中的生命现实,却又处处和生命的存在状态相联系,并时时闪烁着集体无意识中,那一抹独自醒着的、敏锐而执着的、诗性的目光——

"塞在喉咙里 箭一样的风/让我在这河边/只会流泪 忘了/看老人脸上/面对食物的喜悦";(《延河凿冰人》)

"荆棘早已像成熟的眼睛/透过肉和心脏/洞悉了所有的秘密"，"我需要九个太阳/让它们做我/这个冬天的压岁钱"（《奴隶情人》）；

"能逃避的只有身体了/眼睛却在刹那露出荒芜"（《繁华季节的荒芜》）；

"以火的名义　请烘干我的肢体/剩下易燃的炭和骨头"（《库布其舞女》）。

5

这是语言的荒火——峻切而又散漫，生猛而又微妙；高密度的意象如岩浆喷发，黏滞中有微明的灵犀，随情性的意绪似春潮泛滥，率意里带着初生的清新；豪情与柔情并存，长啸与低吟共生。

而无论是啸、是吟、是歌、是哭，是个我的盘诘、是历史的追问、是与自然的秘语、是共天地的商量，是叩问、是质疑、是追索、是缅怀，字里行间，或不合逻辑或不尽完善或失于狂野、或失于迷乱，但那富于原生态的语感，那语感中与青春脉搏相呼应的鼓胀的血管和暴凸的肌肉，使你只能正视而不必详察。这语感有劲道、富生气、见心性、得天趣，横生逸出，"想要逃离那种深陷"，诡异奇崛，不再追求"过于完整的节奏"（《小站外的天》），从而别具一种风度——

写高原荒凉的爱情："像一对哑口的石头/只会用碰撞来表白心迹"（《窑洞里的灯》）；

写命运莫测的"掌纹"："起于劫数　灭于微笑/安然纵一索浮萍"，"白螺壳的掌纹中/开放出顽石一般的痴"（《掌心》）；

写北方血性男儿的豪气："给我一口酒/我能给它喷出一天雾

气/把长安城里的桂花都醉了/让每一个被忽略的女人/都能有火一般的醉颜"(《雾中行》)。

6

是的,这更是北方的荒火——它的"燃烧目的"与"发音方式"显然不同一般。

年轻的诗人从陕北黄土高原走来,带着北方早熟的孩子的眼光与情怀,带着这片土地特有的、可称之为"异质混成"的生存意识和文化底蕴,更带着没有被设计、被作弊、被同化的原初而本色的诗性生命意识与诗性语言意识,向着日益物质化、时尚化、虚拟化的时代,向着失血的话语狂欢和华丽的精神溃疡,放肆地播撒他原始的血气、原始的激情和涌流着现代意绪的原始的古歌,让我们为之血脉偾张而回望,而彷徨,而惆怅,而向往……而真实地荡气回肠或无地忧伤。

试读这首20岁北方年轻诗人的年轻杰作《青海湖》:

> 一大滴饱含盐分的水
> 滚动在高高的高原上
> 那究竟是眼泪还是汗液
> 谁的故事拥有
> 如此豪迈的排泄物
>
> 肯定是夸父　站在阳具形的山峦上
> 脱下了裤子　他是想
> 跟太阳比一比
> 看谁体内的那团火

烧得更旺些

是应该有几条疏浚的河
让惯吃泥巴的儿女
汗液里　多一些太阳的元素
是应该让传说真的发生一次
群鸟饮了这水　配得上海阔天空

青海湖　青海湖
你青色的内脏深不见底

在渴死的路上
一首泪汪汪的情歌
催动了排泄的欲望
无声而震撼的滚落
碎溅在善男信女的眼睛里

　　可以看出，在这首可算是杜迁的代表性诗作中，已多少显示出年轻诗人对诗歌技艺之成熟把握的不凡心智。我同时还发现，在偶尔处于有控制的写作状态时，与缪斯"热恋"中的年轻诗人，甚至能很老练地写出诸如《海明威》这样的人物诗力作，其结构的老到、叙事策略之诗性化的拿捏以及结尾之精妙，恐怕连许多成名诗人都会油生感佩。包括对著名诗人洛夫所发明的"隐题诗"的娴熟仿写，以及在诸如《梅城七日》等诗中对谣曲调式的合理运用，都颇见其语言功底的多面与深厚。

7

总之，这位尚在大学读书、可以说对所谓"诗坛"一无所知而只为自己蓬勃的诗性生命意识写作的年轻诗人，无疑是一位值得期待的、优秀而特殊的"种子选手"。

而现代汉诗的版图是如此辽阔，辽阔到必须经由极高的淘汰率和近于残酷的竞争，才可以避免被忽视乃至被埋没的可能。为此，作为不无偏爱的老师、望尘莫及的同路人，更作为负责任的现代汉诗研究者，我愿借这篇小序，郑重向我的诗友、我的同道、我付之半生心血的汉语诗歌界，推荐这位刚刚上路的诗人——并暗自坚信：这样的郑重，这样的期许，一定会获得未来的诗神，那一声欣慰的应答。

2006 年 4 月

与诗有约
——姚轩鸽诗集《暗夜横渡》序

1

物质时代，与诗有约，无论出于何种动因，都是一件让人感念的"精神事件"。

在一些天才诗人那里，它是不得不前行的行程，诗因他们而存活，而发展，他们因诗而存在，而复生；在普泛的爱诗人那里，它是无法割舍的生活方式，说不上是多么高贵的选择，却于一行行诗的书写中，找回迷失的本真和生命的意义。

前者对诗歌艺术负责，后者是一种美好的散步，没有必须的结果，只在那难忘的投入与瞬间的狂喜。当然，这样的诗的书写，也不乏交流的渴望，但已无功利或价值的附着，仅只是心灵的邀约、香客式的聚叙了。

读姚轩鸽的《暗夜横渡》，让我再次为这样的邀约与聚叙而感动。

2

几年前，诗友吕刚出版了他的第一部诗集《秋水那边》。作为大学教师的吕刚，平日深得同学们的爱戴，便为他专门举办了一个烛光诗歌朗颂会，我应邀参加，并发现那是我平生所参加的最令人叹羡的一次诗会，至今历历在目。

正是在那次聚会中，吕刚介绍我认识了他的好友姚轩鸽：单纯、爽朗、真诚中透着敏感，且时时绽放着一脸憨直的善笑，让人亲近。

轩鸽是赶到诗会来祝贺的，我当时很惊奇这年月里，还有人为朋友的诗会而如此激动，便平生了几分敬重。以后渐渐熟了，才知道轩鸽原来就是与诗有约的人。

轩鸽的本职是国家公务员，业余研究伦理学，有《困惑与观照——伦理文化的现代解读》一书出版，厚厚一本大部头，让人惊叹。就这样一个大忙人，因做项目研究在北京客居两年，再回西安时，忽而就有了一部一百多首的诗集结稿，要我作序，这才感佩他与诗的约会，竟是如此地执着而恳切，虽是业余，却虔诚有如"教徒"，那份意外的收获，便不仅仅是一部诗集的分量了。

3

诗集取名《暗夜横渡》——物质的暗夜，精神的横渡，作者刻意为诗集认领的命名，实际上，已经意象化地标明了其创作的旨归。

由诗的热忱阅读者到诗的狂热写作者，创造激情的集中爆发，自有其现实的动因。原本在体制化的生存模式中打磨成类的平均数，但依然因与诗有约的个在情怀的隐秘冲动，而一朝得以集中释放时，作为公务员、学者的"角色"，即刻成了语言与激情的"情人"，在远离单位、家庭、故旧之所的孤独时空下，曾经的诗心开放成唯一的生命之花，可谓一次遭遇式的创作。

因此，它显得格外真切、热烈而又手忙脚乱，有如一次不期而遇的"艳遇"。

这不免让人想起昆德拉的那句名言："生活在别处"，我是说：诗情在别处——不仅是别样的处境，更因为别样的心境、别样的灵魂。惯常的"暗夜"是一再重复的"死亡"的演练，"别处"的"暗夜"是复归敏感的"新生"的初恋。在这样的暗夜里，壳状的人生被层层剥离，诗性生命意识如篝火般燃起，点亮诗意的复眼：

> 喜欢用
> 生命的燃烧
> 烘托挣扎的快乐
> 习惯在暗夜里
> 以背景的角度介入
> 撩起一群群鲜活的梦想
>
> 这是篝火
> 暗夜里稀缺的
> 古典的关怀

集中《篝火》一诗中的这些诗句，让我们隐隐把握到了作者的诗心所在。

"篝火"是传统的意象，它与现代生活的灯火辉煌显得格格不入，而作者的立场正在于此——往日生活的主人，此时成了"背景的角色"，一个退出潮流之外的旁观者，以"古典的关怀"和"鲜活的梦想"做客态的审视：时代忧乐、世道人心、现象、本质，以及"令人焦虑的尴尬处境和生命疼痛"（诗人李汉荣为《暗夜横渡》所写的题词中语）。

这是一种"在失眠中打捞诗情"（《7月15日之夜》）的写作，活跃的激情横溢漫流，诗行便成了倾诉的渠道而充满即兴与匆促的痕迹，许多作品因而成了急就章或半成品，缺乏必要的控制与打磨。然而整体来看，那一种独自深入、似乎非要把这时代的各种征候弄个明白的精神品质，却又保证了作品的现场感和冲击力，有如一股勃发的春潮，虽浑浊而蓬勃。

4

其实，对于一次遭遇性的诗歌写作来说，《暗夜横渡》已算超乎寻常的骄人佳绩了。

这不仅在其量的丰厚，以学者的深刻，为我们描绘了一幅生存现实的"浮世绘"，给人以惊觉与反省；更在其情感的真实，让我们感受到，在一个欲望高度物质化的世界里，依然有如此纤细的触觉，为时代见证着那诗性的叩询——

这叩询"不奢望/成为什么/只祈愿/生命的分分秒秒/浑圆/能够沉甸甸地/诉说/每一刻的感受/"；"只祈愿/生命的远航/不要中途抛锚/能够正点返航/捎回一船的感悟/一路的心情/装订成册/让女儿欣慰/给自己有个交代。"（《不奢望》）

2006年4月

生命的仪式

——三之诗集《三之的诗》序

1

春天里，老朋友养贤介绍我认识三之，特别赞扬这是一位对艺术执着到舍弃一切的好小伙。等见了面，我的第一感觉是那种灼热的燃烧状态——为艺术的追求和诗的生命，焦虑而波动，如高原的一团野火，在现代都市的迫抑中奔突跳跃，寻找着可能的祭坛。

我惊异在一个十分现实的时代里，还能有这样一种纯净到有些虚妄的生命形态，担心这年轻人的生活因此而备受煎熬，成为又一只"迷途的羔羊"。

实际上，我是看到了另一个早年的自己，但时代却完全不一样了。我有些不敢过于接近这样的灵魂，怕不小心会伤了他。而且，他还有一位那么美丽善良的妻子，陪他过着困窘的日子，并期待着理想中的未来——他首先该实现的是如何捧给妻子一颗芳香的果实，而不仅仅是一片燃烧的红叶。

2

三之首先是位画家，这是他艺术生命的本根，写诗则是这种根性的分延。

我同养贤一起看过三之的诗书画展，那铺展在宣纸上的笔墨世界，充满狂放的挥洒和新奇的想象，粗粝而又热忱，且不乏专业修养的底蕴。

之后，便收到三之自印的诗集。我当时视为艺术家之副产品，没作认真阅读，只是被那份痴迷的艺术精神感动着。及至三之要正式出版这部诗集了，请我为之作序，我才发现写诗对于这位年轻的画家并非只是画外余事，而是正经地如他的画一样，都是生命的托付，是认了真全身心投入的。

这又一次让我感到震动，如初读他的面孔，遂郑重起来，重读他的诗。

3

三之的诗，基本上承袭的是浪漫高蹈的一路诗风，想象世界的主观抒情，如一个热忱的小号手，吹奏在生命的清晨。自然、艺术以及理想的憧憬和爱的追求，成为他诗的基调，加之对色彩的敏感与音乐的爱好，更丰富了诗思的多维度展开。

更多的时候，诗人沉浸在超现实的世界里，以消解现实生活中的郁积。正如俄罗斯当代著名作家、戏剧家、艺术家弗拉基米尔·索罗金所说的，在当下世界，只有"有病的、受伤害的，与世界没有找到沟通的人们才拿起笔来写作"。

显然，这样的写作，对精神的追求总是大于对写作本身的艺术探求，传达的是对世界的真实感受，而非有意味的改写：

　　我们以纯真包含一切
　　我们是水一样的儿童
　　在自然的魅力下
　　充满了好奇

《世界》一诗中的这些诗句，充分说明了这位年轻诗人的诗歌立场：单纯、明亮、热烈，以及对美好世界的渴望与追寻。

4

可以看出，就诗的激情和想象力而言，三之有足够的储备，甚至时而有横溢漫流的状况，以致不免生涩与慌乱。

这好比还不够老练的骑手，马也在跑，骑手也在跑，难以达到完全的同步与和谐，急于表现的与通过文字表现出来的，常常有作者自己难以察觉的落差，所谓心到语不到。——写作经验的欠缺，是其暂时尚未能逾越的障碍，虽然在主观世界里，诗人已获得了充分的自足的愉悦。

当然，若站在对诗性生命意识的礼赞一边，我们知道，青涩总是比接近腐烂的所谓成熟，更让人亲近和喜爱。细心的读者自会发现，在三之那些不过于用力而随意写就的篇章中，仍时时显露出不俗的才华，让人为之惊异而感动。

像这样的诗句：

　　我的妻

> 是四季组合的梅酒
> 在那么一个镇子里诱我
> 让我陶醉
> 更让我成长
>
> ——《我的妻》

话说得很平实，但情感的表达却格外真诚而又凝重。再如《雨歌》一诗：

> 沿一个风雨的秋
> 行走
> 上河的对岸
> 爱情如树
> 我们轻轻地落向枝头
> 手
> 指向鱼
> 无须悸动的水呀
> 我一头栽进你的诗里

意象单纯、集中而又迷离，在自然明净的语感中蕴藏深切的意绪，不显刻意，却又不乏余味。还有这首《不夜的行者》：

> 冬雾
> 龙角房子亮着的灯
>
> 倾斜的电杆

风读着佛

不夜的行者
与时空无关

仅仅六行，不足 30 个字，却将一个在物质的暗夜跋涉于精神旅途的香客形象与心境，勾勒得出神入化；适度的剪辑，充满空间感的架构，点到为止的指涉，似真似幻的意境，清简、空疏、诡异而精妙，特别是那一句"风读着佛"，可谓神来之笔。

在这些好诗好句中，年轻而纷乱的诗情得到了适当的控制，有了可附着的意旨和可信赖的语感，虽单薄而不失完善。

相比较之下，集中大部分篇幅较大的诗作，都存在着失于控制而致散乱的弊端，常有好的诗思、纯正的诗情，而缺乏整体的把握与到位的构思，以至可得佳句，难见佳构。

5

一部《三之的诗》，让我最终想到一个可爱的比喻：热恋中的情人总是盲目的。

在生命的清晨，在激情驱使的初恋中，我们已无法苛求那爱的质量，而更多的是激赏那份爱的热烈与真诚。

是的，一切才刚刚开始。

在如三之这样的年轻诗人的主体意识里，爱诗，写诗，不仅仅只是对生命存在的一种特殊的言说，更是生命存在的一种特殊仪式；在这种仪式中，个体生命瞬间畅亮、自足而尊贵。

2006 年 4 月

为了心灵的水土不致流失
——念学志诗集《兰花集》序

1

早已是非诗的年代了,坚硬的现实,使梦想的流云不再缤纷。

不过,再怎么现实,在青春的岁月里,总还有一些超现实的意绪,得用诗来摆渡。

此时的诗,不是作为艺术事业的追求而存在,只是作为生命的记录而流过——那是一岁一枯荣的小草,那是断流不断源的野溪;那是生命的初恋,梦的初稿,成熟后依旧难忘的真、善、美的眷恋。——并不企图成为什么艺术王国的大树,只是为了心灵的水土不致流失,而暗自繁荣的一片精神植被。

最终,我们都要成为这物质时代时尚编码中的一个平均数,但曾经的诗意人生,会使我们不致完全消失了个我的存在,在回首的刹那中,有一缕欣慰的笑,擦亮此刻的灰暗。

"人,诗意的栖居。"(海德格尔)

这栖居，哪怕只是一时，也足以照亮一生！

2

在大学教书，与青春为伍，这样的"照亮"，便总会时时发生。

又一个秋天里，又一个爱诗爱文学的年轻学子，恳恳切切走近我，拿出一叠诗稿，要我为之写几句话。但这一次比较特殊，学生不是为了他自己的作品，而是为了他父亲的老友的作品来找我。"八零后"的年轻人，竟还有这一点"老旧"的古道热肠：不但颇费一番周折，将前辈多年深锁的散乱诗稿编辑结集，还特意操心找老师为之作序，双重的诗心诗情，让我难以拒绝。

当然，稍加翻阅，我就明白，对于一个以汉语新诗理论与批评为专业，且一直随先锋诗歌摸爬滚打的评论者而言，要面对这样的作品作序，是怎样的尴尬。但我依然不敢拒绝：对大树瞩望的同时，我们有什么权利忘却小草的存在？

生于上一世纪60年代初，创作于80年代初，先习旧体，后事新诗。按说，这样的创作背景，是可以赶上一个日新月异的文学时代大潮而有所作为的。然而，生存永远是决定的因素，同样的种子，撒在不同的土地上，其结果显然不同。所谓"得风气之先"，对于那些在艰生带萌生的诗心诗情而言，无疑是可遇而不可求的奢望。他们只能在体制（教育体制、传播体制及文学体制）内所给定（或配给）的那点诗学营养中，展开自己的诗的发育成长历程，而这开始的"营养成分"，几乎就决定了此后所有的生成基因，遂成为既成诗歌传统与模式的投影或复制，旧瓶装新酒，乃至连那酒也不全是自己的。

对于这样的创作，作品已成为次要，真正需要理解与感念的，则是那种为人生而诗的苦恋情怀。读念学志的这部诗集，这种感受尤为强烈。

3

题材是普泛的：自然、人生、社会、土地、人民、时代等等；

主题是普泛的：亲情、乡情、爱情、理想、梦想、幻想等等。

以及，浪漫主义的意绪，宣叙性的语感——无论新体旧体，都说着时代公共话语导引中的话……但在这一切的后面，我们还是可以隐隐感觉到一颗未被完全"平均化"的心灵，在语词背后作曲折的吐露。

在这样的吐露中，既是"欣喜地展望人生的/那不可抑制的每一次畅想"，及"一腔向往大海的豪语"（《天空的颂歌》），也是对"梦想的质疑"（《梦》）和对"天空"的迷惘（《天空的颂歌》）；在这样的曲折中，既留下了虚妄："只因把一颗高傲的心/挂在白云上/以至于绿草坪亲昵的呼唤/花朵一千次热情的依恋/都被你婉言回绝了"（《筝》），也留下了清醒："迷茫的河滩上/留下了破烂不堪的/思绪的残骸"（《无题》）。

这，便是念学志式的诗歌苦恋，典型的艰生带诗人们的诗路历程："一颗追逐春的心"（《也许》），最终燃烧成一片不结果的秋夜，如火的照耀，温暖无怨无悔的人生——在这样真正诗意的历程面前，作为不免功利化的所谓"艺术的创造"，便不再成为唯一的价值坐标而令人遗憾了。

一片曾经的梦境，润展了面具下的精神和人格，这不正是艺术之外，诗的另一种作用？

一只断线的风筝，它失去了什么？又得到了什么？

——也许，只有风筝自己最清楚。

而天空只会告诉他：我记住了你曾经作为风筝的形象，那样美好地存在过。

2004 年 10 月

恋恋一季与耿耿一生
——陶醉诗集《织物的颂词》序

1

与陶醉忘年之交，近 30 年了。

陶醉是江南绍兴才子，喜欢文学，爱好写诗，却又很务实，1987 年考入西安纺织学院（现改名为西安工程大学）学纺织专业。那时我在与简称"纺院"为邻的另一所大学工作，正逢校园诗歌风起云涌十分活跃的年代，陶醉代表纺院文学社来邀请我去做诗歌讲座，就此熟悉。之后多有往来，亲和无隔，加之莫名的投缘，便有了亦师亦友的长久。

至今还记得，1991 年夏天，陶醉毕业离校来我家辞行，短短话别后，送我一张特意签名的黑白照片，眼里含着泪花倒退着离开我家门——那一份淳朴中的古意、古意中的笃诚，给我留下了极为深刻的印象。

2

记得几年前,我曾在一篇文章中说过这样一段话:身处"日新月异"而不断"新颜"换"旧貌"的"大时代",能持久地热爱一个人实在不容易;不是热爱者变了人,便是被热爱者变了味,"与时(势)俱进"的潮流之力量实在太大了。

由此想到与陶醉亦师亦友的情谊,居然是在如此的"大时代"背景下,得以如此地长久,不免感慨万千。

而今,更令人想不到的是,作为当年西安高校大学生诗歌的佼佼者,毕业后在纺织专业道路上孜孜以求 20 多年,稳定发展成就斐然后,忽而又旧恋复生,重新写起诗来,并很快有了一部诗集要我作序,实在是平添意外之佳话。

便想起 2009 年我主编《你见过大海——当代陕西先锋诗选(1978——2008)》所写序言中,谈到陶醉诗歌的一段话:"陶醉作为诗人,更多以是校园青春岁月中一段诗性生命的历程而非事功的取决,是以更能代表校园诗歌的某些属性:青涩、诚朴、恋恋一季而耿耿一生。爱诗、写诗,既是青春情怀必然的愿望,也是现实人生一道远去而眷顾于心的'岸'。回审陶醉的诗作,到处可见'影响的焦虑',但依然守住了年少时独立春风怅望未来的心境和语境,让人有幽幽的感怀和秋水长天的触动。陶醉当年在校时,为广泛推动西安高校校园诗歌克尽绵薄之力,功不可没。看是文本上的一时诗人,实为人本上的一世诗人。"

现在看来,这段话中的"恋恋一季而耿耿一生",以及"看是文本上的一时诗人,实为人本上的一世诗人",真的成了一个美好的预言——连老来很少激动的自己,也为这预言的真确而欣然自得了!

3

其实这些年，作为一辈子爱诗、写诗、研究诗、编选诗，并在大学以诗学研究为业的老"诗歌专业户"，却忽而立地淡远，基本脱离了当代诗坛现场，嫌弃太闹，一片浮华烦乱之状，令人敬而远之。

一时便想到孔圣人谈为学之道，将其分为"为人之学"与"为己之学"两路，主张后者方为正道。以此套来，看当代汉语诗歌发展之现状，可谓绝大多数实乃"为人之诗"，以此博虚名而不堪其闹，少见"为己之诗"以澡雪漱玉而天心回家。——如此每每郁闷中，不如淡远自适得了。

当此时，收读陶醉题为《织物的颂词》诗集书稿，意外之喜中，先就欣然于这份"恋恋一季"而"耿耿一生"的诗性情怀，和由这情怀生发的旧恋复生之"为己之诗"的写作立场。想来如此生成的分行文字，首先是拿来安自己的心、理自己的气、抒发自己的所思所感的，有如为安居的房舍搭建一处小木屋，于各种"之余"之后，或可与可能的知己远友对话洗心。

正如陶醉诗中所言：

在这苟且的现实中
会有谁一直寄望着远方的田野和诗歌

——《蚕熟新丝》

4

待得静静将诗稿看完，复又欣然于这种织物一样朴素和专一的诗感。

至少，在我几十年的阅读和研究中，好像还没有哪位诗人，专门来写一部有关织物的"诗歌专著"，而陶醉写了——"蓝天如衣"，"草木如被"（《织物的颂词》），世间所有文明之美，就形式而言，实则都可以"服饰"视之。故老百姓将"衣"放在人生基本之"衣食住行"首位，而"服饰"之变迁也一直成为历史变迁的征候，乃至连江山社稷之变更也以衣冠的变更为首要——这一视点，恰好为既是诗人又是纺织业资深从业人的陶醉所聚焦，成了别开一界的"织物文字"。

　　　　织物的血脉与天地相通
　　　　织物的体温穿透历史
　　　　织物传递内心的语言
　　　　以柔顺的姿势和态度
　　　　保持与世界温柔地对话
　　　　　　　　——《须知织物也有忧伤的时候》

5

如此与世界对话的姿势和态度，使我对陶醉的《织物的颂词》有了基本的信任感。

尤其是，尽管整部作品不免有知性大于感性、理趣大于意趣的诸多不足，但其为"织物"做诗体立传的苦心孤诣，还是得到了基本的体现。

由此，懂得纺织专业的朋友，能够从中欣赏到一定的诗性文字之美，而收获意外之"艳遇"；爱好诗歌的朋友，也能够从中欣赏到织物的内蕴之美，而收获意外之欣喜。

而，面对这个万物如织的世界成长、绽放以及随之而来的撕裂和阵痛，作为江南才子的陶醉，以其对历史、文化、传统、记忆等诸多问题的思考，进行了一次不乏诗意的展演和叙述，并最终谦和地将其命名为"颂词"，而非纯文体或美学意义的"诗歌"，实可谓处处见得"织物的血脉"与"织物的体温"。

也由此，曾经"恋恋一季"的"一时诗人"，便再次于中年午后之旅中，讨回"耿耿一生"的"一世诗人"之慰藉了。

欣然此际，是为远序！

2016 年 8 月

仪式、念想及私人邮件
——《淡季》诗集自序

1

终于还是耐不住寂寞，又想出一部诗集了。

不过，这一次结集，不再如以前，多少还有点什么抱负：期望以诗集的出版，在诗界讨点说法，或让诗友们知道你的存在；不仅是诗评家式的存在，还有诗人式的存在。这些想法原本不乏真诚和可爱，只是以今日的心境看去，不免有些虚妄和可笑了。

此次出版，则纯属现实生活的需要：多年来，我的新旧文朋诗友，和滚雪球式不断扩大的学生与弟子们，总因知道我不仅搞新诗理论与批评，也还写点诗，便常常索要我的诗集，而此前出过的两本集子，又早无存书，便一直欠着。2001年2月，得台湾诗友隐地兄的错爱，有幸在他的尔雅出版社出版了一部新的诗集《寻找那只奇异的鸟》，可惜隔了海峡，也无法大批自购来送人的。

遂想在此集的基础上做以增补，在大陆另出一部，好了了近年这点小小的心愿。

于是，又有了这部新集的问世。

2

在尔雅版的诗集自序中，我写了这样一段话："诗，是我生命的初稿，是我50年生命历程中，最为真实、自由而鲜活的呼吸。从黑发的年少到鬓霜初度的午后，爱诗，写诗。论诗，犹如青鸟的翅影，引领着我人生的前行，是宿命也是慰藉。"

这话，是发自内心的自我认领。

当然，当年初涉此道时，也是有过年少的野心的，尽管从未将写作作为一种改变人生际遇的筹码，但也不乏以此为功名之追求的想头。不过生性散淡的我，总是不愿做"狗撵兔子"的事，加之很快发现，作为一个并非天才的诗人，又缺乏后天得风气之先的营养，便总是难以成为诗坛的什么角色，到了，还是由所谓的"事业"，退回到一种生活方式了。

正如我在一则诗话中所写的："诗，不仅是对生命存在的一种特殊言说，诗也是生命存在的一种特殊仪式——在这种仪式中，个体生命瞬间澄明而自信，并与神同在。"

确实，最终让我能一直在这种生活方式中待下来，进而成为"宿命"和"慰藉"的，正是这份已不可或缺的仪式感——一叠稿纸一支烟，一份香客式的心境，和无核之云般偶尔飘过的，一点文字的印记。

3

初恋不成，初稿未竟，是香客也是过客。

而庙堂缥缈，唯早早学会了和本真自我和睦相处。加之，随着在新诗理论与批评的"泥潭"中越陷越深，与诗之写作的不期而遇也便越来越少——两栖的美梦再不可强求，再次结集的简单动机，也便多了一分终结式的意味。

惭愧的是，20多年诗路历程的总结，仍是旧作草草、新作寥寥，缺斤少两得让人心虚。惶惑中，想起当年共患难过的一位诗友来信中的一句话："诗写得好坏是一回事，重要的是寄本诗集来留个念想。"那是十多年前我出第一部诗集时的事，当时没好意思寄这位已成大名的诗友，他听到出版消息后，来信这么说的，让我感动了好久。

"念想"，多么真切美好的一个词！

想到这个词，这部诗集的出版，就又多了一个自以为是的借口。

4

因此，这些年，时常自以为是地自己鼓励自己：在这个欲望高度物质化的时代，印一部自己的诗集放在那儿，或作为礼物送新朋老友，或作为我讲授的"诗歌欣赏"课程的辅助读本，向我的学生们播撒一点诗意的萤光，在我而言，本就是一件比写作更让人快慰的事——在光洁的书桌上打开自己的诗集，题上赠语和签名，包好封好，仔细写好通信地址，在阳光的清晨或细雨的午后，走不算远也不算近的路，去邮局寄出……一个私人邮件，一份无由的念想，一种古老而常在常新的生命仪式——这一刻，我感到自己活得最惬意，也最实在。

不过，心里依然有些不踏实。一部总结性的诗集，如此单薄，确有难以示人之窘。为了给自己壮胆，遂补缀"现代汉诗断想小辑"于诗后，或可弥补一点缺憾，以及增添一点别样的阅读兴趣。

这些语录体式的、可称之为"现代诗话"的诗学断想，自认是我分力于当代诗学研究十多年来，较为得意的一点收获，且为此一直揣着一个小小的野心：有一天能专门出版一部这样的诗话集，可以自信地说，那肯定是我能为之欣慰的一部书。

由此，这部诗集又成了一部诗与诗论的合集，既符合了我的两栖身份，也为不同需求的读者，多一种选择。同时，也避免了与尔雅版的重复，一将两就，就此了却那点心事。

5

更美好的是：出一次书，又多一次朋友间的聚会。

陈超兄的短评，是应邀为尔雅版的《寻找那只奇异的鸟》写的，一直珍视在心，这次收入附录，以志纪念；章亚昕、吕刚二位诗友合作的文章，本是应《陕西当代诗歌史》编写组的主编段国超教授之邀撰写的专稿，因该书一直搁浅，便先寄了《绿风》诗刊发表，复收录这部集中，以表示感念；新结识的诗友李丹梦，现在复旦大学读陈思和先生的博士，专为此集写了篇小论文，行间字里，多知己之识，能得年轻一辈诗人与学者的理解，好生欣慰！

更得感谢我的学生、后来成了忘年之交的至友高大庆小弟，为这部诗集提供出版的名份，在绵延20年的友情中，增添一分更难忘的纪念。

写下上面这些文字的时候，正值"非典"肆虐。人类文明已何其强盛，而又何其脆弱？一时笔下竟多了一些荒诞的意味。不过，荒诞中也便加深了这份诗意人生之认领的执着，除此之外，我们又能如何呢？是为自序。

2003年5月

我的诗歌写作
——《沈奇诗选》自序

1

从写出第一首较为像样的小诗《红叶》（1975年）算起，我的现代诗写作的时间，断续竟已有35年了。若再加上此前爱好古典诗歌时的涂鸦作业，就是40年的历程。

如此漫长的诗歌写作时间，却只留下不足二百首的成绩，且一直未成什么大名，只是不紧不慢如散步状地断续坚持着，蓦然回首，还真有些不知所措的惶恐。

在这个风云激荡、狂飙突进的时代，比起那些始终聚精会神，可称之为"专业诗人"的诗人来说，如此"业余"，如此散漫，还够得上"诗人"的称谓，算得上所谓"诗人的事业"吗？

2

天性使然,加之生活境遇的局限,从爱好诗歌开始不久,我就认定了自己的诗歌写作,只能是随缘就遇式的"邂逅",而非兢兢业业式的"事业"之追求。

实则,在当代中国语境下,"事业"以及与之相关的"理想"之类的大词,早已像过于流通而沾满病菌的货币一样,让人厌弃。加上从小生就的某些精神洁癖,使我对此唯恐避之不及,难以成为其与时俱进的弄潮儿。何况,在我而言,要说有"理想",也是如何做人的理想,而不是如何建功立业的"理想"。

同时,作为一个长期于诗歌写作和诗歌评论两栖作业的诗爱者,我也冷静地观察和反思到,所谓诗人的"使命"与"荣誉",是怎样潜移默化地影响到诗歌创作之心理机制的病变,使我们的当代诗歌精神,一再缺乏更坚卓的品质和更优雅的风度。大家都在一时代之舞台上争当下,少有人能潜下心来到时间的深处去争千古。由此,还导致许多诗人们常常会去争一些诗之外或其背后的什么东西,更加不堪了。

而我热爱的只是诗之本身:自发,自在,自为,自由,自我定义,自行其是,自己做自己的主人,自己做自己的情人……然后,自得其所,并以平常心予以认领,由此安妥了一段不知所云的灵魂。

3

因此,也曾与"先锋"的"机遇"失之交臂,也曾为一再的落寞而不免失意,但到了,都被天生散淡的性情所化去,唯留下初恋般的热切和信徒式的虔敬,在在润活于心底。

"说到底,生命的存在(本真)和生命的出演(角色)应该是两回事,有如所谓的'创作'和真实的写作是两回事;写作是本真生命的自然呼吸而成为一种私人宗教,创作则是角色生命的出演而成为一项所谓的'事业'。"①

且认为,只有不断由创作意识重返生命意识,重返生活现场的真情实感,和一己本真生命的个在体验,而非观念和主义的演绎,你才能坚持永远居住在诗歌的体内,并成为其真正的灵魂而不是其他。也才能不断超越时代语境的局限,活在时间的深处,并悠然领取,那一份"宁静的狂欢"。

诗歌作为一种艺术,在这里回到了它的本质所在:既是源于生活与生命的创造,又是生活与生命自身的存在方式。

同时也渐次发现,至少就我个人而言,坚持在这样的存在方式中所展开的诗歌写作,不管所出作品的品质高低如何,至少不会成为非诗或伪诗,也不会成为他者的仿写或一味重复自己,乃至粗制滥造。

更重要的是,也才能在一种静穆的心境中,得以保持与语言的平等关系和对话状态,进而得以保持契合自己感知与表意的个在语感,将之顺畅而自然地化生为分行的文字。

4

对于我所认领和坚持的这种写作,诗友、诗评家陈超曾作过这样的评述,让我感念至深:"他从不将世俗功利的哀婉转换为'美学的哀婉'。在20余年诗与文生涯中,他面临的任务是同样的:不断认识语言赋予自己的可能性,努力完成这一可能性,把'可能'转变为'存在'。无论是在寂寥的寻索中还是在颇富名气

---

① 沈奇:《角色意识与女性诗歌》,《沈奇诗学论集》修订本卷一,中国社会科学出版社2008年版,第115页。

的时段，他都没有发出过不平的幽怨和不受限制的笑声。他的写作准则是：仁慈、明净、诚朴、适度以及形式主义的快乐。"①

当然，这样的状态，不免会导致方向性的缺失和重心的摆荡，始终不能明确而稳固地"标出"自己，包括风格特征和流派属性的标出，总像一个"过路人"似的，难以"安营扎寨"而"立身入史"。但同时，作为诗的内在品质，如此的"随缘就遇"，却也能保证一己真情实感的纯粹，具有原发性的个我生存体验与生命体验的素朴质地，不至于无病呻吟，或屈就于主流形态的影响，也便常带有潜自传性的精神要素，使自己的写作与"他者"区别开来，以葆有自己的主体风致。

不过，若单从诗歌美学的角度去考量，就不免有些尴尬：一位真正专业的、重要而优秀的诗人的存在价值，最终体现在通过他的写作，能为这一门"诗的手艺"，多多少少提供一些新的东西以供他人借鉴与研习，并由此推动这门"手艺"的新的发展，所谓"诗人中的诗人"。而且我也深知，诗人以及一切文学艺术家，对这个世界真正有价值的贡献，并不在于他们说出了些什么，而在于他们那些新奇而动人的说法，改变了人们对语言的认识进而改变人们对世界的认识——这种经由语言的改写而改写世界的进程，才是诗歌进程的终极意义——站在这样的"标准"面前自我忖度，我只能惭愧地认领：我只是一个业余诗人。

话说回来，"业余"也不是没有好处，有如"专业"也不是没有坏处。"业余"的好处在于你永远无须"端"起什么架子来作诗，且总是如履薄冰，如初恋般笃诚，也便每一次都能获得初恋般的感动，并自信这样的感动，也一定会感动别人。

---

① 陈超：《清峭心曲诚朴诗》，沈奇诗集《寻找那只奇异的鸟》，台湾尔雅出版社 2001 年版，第 201 页。

"业余"的另一好处是你总是"在路上",无"登堂入室"后的"名分"困扰,随遇而安,自得而适,于散淡心境中捡拾"偶得"而不着经营,也就不会不断地重复自己或重复别人,甚或还能时时"碰"上一些天成自然不乏"原生态"的佳构妙品,让你惊喜不已。

包括一些成名诗人在内的许多诗人,终其一生的写作,都难有为人记忆的代表作传世,成为只知其名而不知其诗的诗人,一场说不清道不明的"美的误会"。而我的"业余",好赖让我还拥有诸如《上游的孩子》《看山》《淡季》《生命之旅》《睡莲》等,这样一些早期代表作为诗界所认同。新世纪以来所写的《人质》《甘南印象》《祭母四章》等诗,以及实验组诗新作《天生丽质》,也得到广泛激赏,实在堪可告慰!

回头思量这些代表作的写作过程,竟都是与"苦心经营"无涉的"偶得"所获,不免让我对这样的"业余"心存感念了。——在这里,"业余"已不再是一种退而求其次的姿态,而是一种重返自由呼吸的境界;如此境界里生成的诗歌写作,也不再是"诗学"的滞重累积,而是"诗心"的生动闪现。

5

总结35年的诗路历程,到了想说的是:由于"先天不足"且"后天不良",实在成不了什么"名家大腕",只是一个知道诗何以才能优秀而能潜心寻求且不乏偶得的诗作者,加上耐得住寂寞和持之长途跋涉的脚力,总还是拥有了杂糅并举的综合风格,和不断成长的精神历程。

而,随着35年诗歌写作之精神历程的延伸,作为凡夫俗子之肉体生命的存在,也已步入60花甲的暮年之旅。从黎明到黄昏,从雀斑到老年斑，无数苦难的岁月和坎坷的步履，皆化为过眼烟云，唯诗的记忆常在常新而足慰平生。60初度，海魂岸影，舟不渡人，别人也渡不了自己，不妨再自己渡一回自己——并想到编选一部35年的诗作选集，来纪念这个真不知该如何纪念的晚秋季节。

既然是纪念性的结集，就不讳少作，整体呈现，既可见诗艺的成长过程，也可见心路历程的一路走来，留个大念想，无所谓价值判断的。好在先后也有五部个人诗集留存，便以其问世先后为排序，拣选风格相近的作品为独立单元，并以原诗集名为辑名，构成全书前五辑，"辑六·印若集"为尚未结集出版的新作散篇，"辑七·天生丽质"和"辑八·无核之云"则是近年潜心研习的两辑别有所得的"实验性"作品，借机正式亮相。

由此总计收入各个时期之短诗149首，长诗4首，组诗3辑，及诗体诗话165则。诗后附多年关爱和支持我的良师益友牛汉、洛夫、陈超、李丹梦、孙金燕、庄晓明六人相关评论文章，在此一并表示深切的谢意！

同时，特别感谢陕西师范大学出版社慷慨接纳此书，感谢编辑们为此付出的辛劳！

当然，更要提前感谢所有可能结缘此书的读者朋友！

回顾近40年的写作生涯，打一开始至今，从没有过以此求得别的什么的念头，只是为能在茫茫人海、滚滚红尘中，觅得二三心灵之友的对话与记忆而存在；既是个我生命的精神庙堂，也是人生旅程的友情驿站。我曾经在写给诗友的文章中，称这样的写作为"上游的写作"，称这样的诗人为"上游的诗人"，其实行文中也隐含着些自诩的意思——守着天性中的那份诗性、那份散淡自适的写作状态，将潮流诗人们仰慕的荣誉之追逐，还原为一种诗性生命之不得不的托负，和乐在其中的生活方式——也面世，也参与，确然守势不妄，归根为静；也探索，也创新，只在自得其所，无虑去存。

  我想，这样的写作才是真正纯粹的写作，可信赖的写作，香客般陶然于"在路上"的写作。至于偶尔得机遇结集出版行世结缘，自属于意外的乐事，而同乐于天下的亲朋好友了。

2010 年 9 月

【附录】

沈奇文学年表

1951 年

元月一日,生于汉江上游定军山下的陕西勉县(古沔水)小城。

父,沈述善,银行职员,会计师;母,杨彩萍,初中文化,家庭妇女。父母一生清贫散淡,至善至爱,皆为儿女操劳。

1963 年

七月,勉县城关第一小学毕业。其间得班主任语文老师陈清如(女)、窦连成关爱,培养文学爱好。

1966 年

七月,勉县第一中学(又名"武侯中学")初中毕业,随之因"文化大革命"失学。

初中三年间,广泛接触古典诗词及中外文学作品,并得语文老师岳德新先生教诲扶植,奠定写作基础。

1968 年

十二月,兄长沈卓在西北大学毕业等待分配时,遭遇"清理阶级队伍"运动,不堪审查受辱跳楼自杀,遂由家中次子转为长子而改变此后人生命运;

同月,带着兄长遗物和书籍,在勉县乡下外祖母家作插队知青。此乡村务农期间,兼作过小学教师、铁路民工,其间大量研读古典诗词并习作旧体诗词数十首。

1971 年

四月，告别乡村，入汉中地区钢铁厂当工人，开始八年工厂生活，并投入新诗习作。

1973 年

三月，结识诗人沙陵、文艺评论家黄亦谦，得其指导，开始正式新诗创作，大都"铁流、炉火、红心、豪情"之词，时有发表。同时写一些不能面世的作品自我珍视。

1974 年

一月，在《解放军文艺》第 1 期"新民歌选"专栏发表民歌体小诗《十万矿石一把抓》。

1975 年

四月，以"工人作者"身份，参加陕西省首届诗歌座谈会。

1976 年

四月，借调复刊后的《陕西文艺》（原《延河》）编辑部，一边做助理编辑工作，一边读书创作。

1978 年

十二月，考入西安基础大学（后改名为"陕西工商学院"，继而经合校后更名为"西安财经大学"）工业经济系 78 级工业企业管理班，任学习委员。结识同班同学中后起之经济学家刘安、学者赵永泰及诗人企业家丁当（原名丁新民）。

1979 年

十二月，首次在《诗刊》第 12 期发表旧藏小诗《红叶》。

1981 年

七月，大学毕业，留本校工作；

组诗《写给朋友也写给自己》在《飞天》文学月刊第 7 期"大学生诗苑"栏目刊出（张书绅主编）。

1982 年

《红叶》一诗收入广西人民出版社出版的《爱情诗选》（伊仲晞主编）；

创办民间诗刊《星路》，发表韩东、丁当早期诗作。

1983 年

五月，创作千行自传体抒情长诗《仲夏夜，一个成熟的梦》，未发表，后改定收入个人诗集《和声》；

九月，组诗《写给自己也写给朋友》在《飞天》文学月刊第 9 期"诗苑之友"栏目刊出（张书绅主编）；

十一月，经尊师沙陵介绍认识前辈诗人牛汉，自此交往渐深，结师生诗谊。

1985 年

组诗《写给朋友也写给自己》收入北方文艺出版社出版的《中国当代大学生诗选》（潘洗尘编选）；

诗作《和声》《海魂》收入贵州人民出版社出版的《当代青年哲理诗选》（黄邦君编选）；

在《延河》文学月刊第 12 期发表诗作《上游的孩子》《过渡地带》《巫山神女峰》；

诗作《上游的孩子》入选香港《新穗诗刊》总第五期"中国新一代青年诗人专辑"（黄灿然选编）。

1986 年

诗作《看山》《十二点》《碑林和它的现代舞蹈者》分别在《诗刊》第 4 期、《星星》诗刊第 4 期、《中国》（牛汉主编）第 9 期发表；

六月，在昆明结识诗人于坚；

十月，集数年思考为一发的诗论《过渡的诗坛》，在《文学家》双月刊第 5 期刊出，系国内较早全面评介第三代诗歌的理论文章；

以《碑林和它的现代舞蹈者》一诗和"后客观"旗号，参加由《深圳青年报》和《诗歌报》联合举办的"中国诗坛·1986 现代诗群体大展"。

1988 年

四月，诗论《过渡的诗坛》因被他人剽窃发表在《诗歌报》，经该报核实后，以道歉方式并为正视听于 4 月 21 日版重新刊载；

得诗人渭水相助，第一部自选诗集《看山》民间印行，收入短诗 40 首、长诗 2 首。

1989 年

六月，诗作《上游的孩子》《碑林和它的现代舞蹈者》《过渡地带》入选人民文学出版社出版的《情绪与感觉——新生代诗选》

（邹进、霍用灵编选）；

七月，诗集《和声》由陕西人民教育出版社出版，收入1974—1984早期作品50首短诗和1首长诗。

1990年

五月，入选四川文艺出版社出版的《中国当代诗人传略》（第一卷），收小传、代表作目录及代表诗作14首。

1991年

五月，在西安结识台湾诗人张默、大荒、管管、碧果，随后渐次分力于台湾现代诗研究；

十一月，经年编选的近40万字语录体《西方诗论精华》，由广州花城出版社出版。

1992年

四月，在香港中文大学《二十一世纪》学术期刊总第10期发表诗论《拒绝与再造——谈当代中国诗歌》；

十一月，诗与诗论合集《生命之旅》由陕西人民教育出版社出版发行，牛汉、丁当作序。

1994年

三月，长诗《生命之旅》入选人民文学出版社《1990—1992·三年诗选》（杨匡汉、刘福春编选）；

六月，编选《鲜红的歌唱——大陆女诗人小集》由台湾尔雅出版社出版发行；

九月，赴北京大学中文系，师从谢冕先生，作为期一年的访问学者；

十二月，提议并参与北京大学当代文学研究所"批评家周末"关于于坚长诗《0档案》的专题研讨会，谢冕主持，于坚应邀出席。会后主笔整理会议发言文稿《对〈0档案〉发言》。

1995年

二月，在《诗探索》春季号发表诗论《角色意识与女性诗歌》（谢冕、杨匡汉、吴思敬主编）；

六月，在《中国文化研究》夏季卷发表诗论《中国新诗的历史定位与两岸诗歌交流》；

七月，在《文学评论》第4期发表诗评《论痖弦诗歌的语言艺术》；

历时两年多编选的语录体《台湾诗论精华》由陕西人民教育出版社出版发行；

九月，诗作《十二点》入选由张默、萧萧合编的《新诗三百首》，台湾九歌出版社出版；

十月，诗作《上游的孩子》《看山》《十二点》3首，入选日本汉学家前川幸雄编著日文版《长安诗家作品选注》，并附详细评介。

1996年

一月，应邀编选英年早逝的陕西先锋诗人胡宽遗作集《胡宽诗集》，是年七月由漓江出版社出版；

三月，编选《诗是什么——二十世纪中国诗人如是说·当代大陆卷》由台湾尔雅出版社出版发行；

十一月，诗评论集《台湾诗人散论》由台湾尔雅出版社出版发行。

1997 年

七月，应邀参加由福建师范大学、中国社会科学院文学所联合举办的"1997 武夷山·现代汉诗诗学国际研讨会"，发表论文《拓殖、收摄与在路上——现代汉诗的本体特征与语言转型》。会间结识日本诗人、汉学家佐佐木·久春教授；

九月，与电影编剧芦苇共同策划，由《诗探索》编辑部主办，并与吴思敬先生共同主持的"胡宽诗歌作品研讨会"在北京文采阁召开，牛汉、谢冕、邵燕祥、洪子诚、杨匡汉、蔡其矫、吴思敬、唐晓渡、陈超、程光炜、林莽、崔卫平、刘福春等 40 多位在京诗人、学者出席发言。

1998 年

十一月，应《出版广角》主编刘硕良先生之邀，撰写诗论《秋后算账——1998：中国诗坛备忘录》。

1999 年

二月，《出版广角》第 2 期刊出《秋后算账——1998：中国诗坛备忘录》，随后获《诗探索》编辑部同意，在其 1999 年第 1 辑再次发表；

三月，应邀出任杨克主编的《中国新诗年鉴》编委；

《当代作家评论》第 2 期辟"沈奇诗歌评论小辑"刊发《飞行的高度——论于坚从〈0 档案〉到〈飞行〉的诗学价值》《提前到站——评麦城的诗》两篇诗评文章（林建发主编）；

四月，16 日至 18 日，在北京平谷县"盘峰宾馆"，参加由北京市作家协会、中国社会科学院文学研究所、《北京文学》杂志社、《诗探索》编辑部联合举办的"世纪之交：中国诗歌创作态势与理论建设研讨会"（史称"盘峰诗会"），之后被动卷入论争，先后在《北京文学》《文论报》等发表相关文章；

九月，应诗人舒婷推荐，台湾南华管理学院（原佛光大学）前院长龚鹏程先生邀请，作为期两月的参访讲学，其间分赴淡江大学中文系、高雄师范大学中文系做诗学讲座，并经历"9·21"大地震。同时与诸多台湾诗友聚叙论诗，获益良多；

十二月，诗评论集《拒绝与再造》由西北大学出版社出版，谢冕作序。

2000年

一月，诗评《飞行的高度——论于坚从〈0档案〉到〈飞行〉的诗学价值》一文，获1999年《当代作家评论》优秀论文奖；

五月，完成反思"盘峰论争"的评论《中国诗歌：世纪末论争与反思》；

七月，《中国诗歌：世纪末论争与反思》首刊《诗探索》2000年1－2期合刊，之后，年内先后复载《东方文化》第5期、民间诗刊《诗参考》十周年专刊、民间诗刊《非非》2000年特刊（总第八卷）、中国人民大学复印资料《中国现代、当代文学研究》第8期、《上海文学》第11期、《中国新诗年鉴》2000年卷、《2000中国年度文论选》，继而中国人民大学复印资料《文艺理论》2001年第2期、《中国新诗白皮书·1999—2002》等陆续转载；

八月，应邀出任由周伦佑主编的《非非》民间诗刊复刊编委；

十一月，应日本汉学家佐佐木·久春教授邀请，赴日本出席"东京·2000·世界诗人节"。

2001年

二月，在台湾尔雅出版社出版诗集《寻找那只奇异的鸟》，收入短诗54首，长诗2首，附录陈超评论文章《清峭心曲诚朴诗——读沈奇诗集〈寻找那只奇异的鸟〉》；

同月，诗学文集《两岸现代汉诗论评》在台湾三民书局出版发行；

十二月，在北京出席由中国首都师范大学、美国加州大学、荷兰莱顿大学联合举办的"北京香山·2001·中国现代诗学国际研讨会"，发表论文《现代汉诗语言的"常"与"变"——兼谈小诗创作的当下意义》。

2002年

七月，参加由日本《地球》诗社主办的"丝绸之路·西安·第八届亚洲诗人大会"；

年内，《现代汉诗语言的"常"与"变"——兼谈小诗创作的当下意义》一文，先后在《廊坊师范学院学报》第1期、台湾《创世纪》诗杂志夏季号、中国人民大学复印资料《中国现代、当代文学研究》第11期、《诗刊》第11期（节载）刊出；

应邀出任由李青松主编的北京《新诗界》丛刊编委。

2003年

九月，诗论《重涉：典律的生成》在香港中文大学《二十一世纪》网络版总第18期发表，复载北京《新诗界》总第4卷；

十一月，诗集《淡季》由香港高格出版社出版，收入短诗58首，长诗2首；

十二月，应邀出任由《新诗界》主办的"首届新诗界国际诗歌奖"评委。

2004 年

一月，在《非非》诗刊 2003—2004 年卷（总第十一卷）发表诗论《体制外写作与写作的有效性》和《我们需要怎样的新诗史》二文（周伦佑主编）；

五月，应邀赴加拿大温哥华参加首届"漂木诗歌艺术节"，之后分别做客诗人洛夫家、痖弦家，并与两位前辈诗人做诗学对话；

七月，在《名作欣赏》第 7 期发表诗评《一意孤行——读于坚》；

八月，应邀出席并参与筹办由日本《地球》诗社主办的"第九届亚洲诗人大会·丝路之旅·新疆"诗会。

2005 年

一月，代表诗作《上游的孩子》《十二点》入选伊沙主编、太白文艺出版社出版的《被遗忘的经典诗歌》；

三月，在《当代作家评论》第 2 期发表诗评《秋水静石一溪远——论赵野兼评其诗集〈逝者如斯〉》（林建法主编）；

八月，三卷本《沈奇诗学论集》由中国社会科学出版社出版发行（任明编发）；

在北京参加由北京大学中文系、北京大学诗歌中心、首都师范大学中国诗歌研究中心联合举办的"中国新诗一百年国际研讨会"；

九月，应邀赴北欧里加出席第 12 届拉脱维亚国际诗歌节；

十一月，应邀赴日本东京出席第 10 届亚洲环太平洋诗人大会。

2006 年

一月，编选《现代小诗三百首》由山东文艺出版社出版发行；

五月，应陈仲义、舒婷夫妇邀请，出席"首届鼓浪屿诗歌节"；

十月，出席由北京大学中国新诗研究所、首都师范大学中国诗歌研究中心联合举办的"新世纪中国新诗学术研讨会"，发表论文《台湾"创世纪"诗歌精神散论》；

十一月，诗论《台湾"创世纪"诗歌精神散论》在台湾《创世纪》诗杂志冬季号发表（张默主编）；

十二月，应邀与诗人杨克赴日本东京参加"日本诗人俱乐部国际交流会——中国现代诗的状况"专题演讲会；

诗论《从"先锋"到"常态"——中国大陆先锋诗歌二十年之反思与前瞻》在《文艺争鸣》第 6 期发表（张为民主编）。

2007 年

二月，农历腊月二十九（公元 2007 年 2 月 16 日），母亲突发脑溢血病逝，享年 80 岁，伤痛至深；

三月，诗论《台湾"创世纪"诗歌精神散论》在《海南师范学院学报》（社科版）刊发（毕光明主编）；复转载中国人民大学复印资料《中国现代、当代文学研究》第 7 期；

五月，文艺评论集《文本与肉身》由陕西太白文艺出版社出版发行；

七月，在《当代作家评论》第 4 期发表《"太阳拎着一袋自己的阳光"——严力诗歌艺术散论》（林建法主编）；

八月，出席由日本《地球》诗社主办、在云南香格里拉召开的第10届亚洲诗人会议；

十二月，在海口参加由中国当代文学研究会和海南师范大学联合举办的"21世纪中国现代诗第四届研讨会"，发表论文《怎样的"口语"以及"叙事"——当下"口语诗"问题之我见》；

是年夏秋，开始投入实验诗《天生丽质》的写作。

2008年

一月，《沈奇诗学论集》（三卷）修订本由中国社会科学出版社出版发行；

三月，在《诗探索》2008年第2辑（理论卷）发表《新世纪诗歌面面观——答诗友二十问》（吴思敬主编）；

以《小诗近作十首》为题，在台湾《创世纪》诗杂志春季号发表《天生丽质》实验诗10首（张默主编）；

五月，在澳门大学参加由澳门大学中文系、北京大学中国新诗研究所、首都师范大学诗歌研究中心和台湾中央大学文学院联合举办的"第二届当代诗学论坛暨张默作品研讨会"，发表论文《在游历中超越——再论张默兼评其旅行诗集〈独钓空濛〉》；

九月，应邀赴台湾出席由台湾中央大学文学院和台湾耕莘文教基金会联合举办的"2008·两岸女性诗学学术研讨会"，发表论文《谁永远居住在诗歌的体内——试论：作为生命与生活方式的女性诗歌写作》；

十二月，与诗人赵野、周墙共同策划的"首届黄山·归园·诗与陶艺双年展——两岸主题诗会暨冰蓝公社陶艺展"于6日至11日在黄山与苏州举办。台湾应邀诗人罗门、郑愁予、管管、萧萧、白灵、詹澈等与会；

诗论《谁永远居住在诗歌的体内——试论：作为生命与生活方式的女性诗歌写作》刊发于台北教育大学《当代诗学年刊》第四期"两岸女性诗学学术研讨会专号"；

全年创作并修订《天生丽质》30 首。

2009 年

一月，诗论《"动态诗学"与"现代汉诗"——再谈"新诗标准问题"》在《海南师范大学学报》（社科版）2008 年第 4 期刊出（毕光明主编），复转载中国人民大学复印资料《中国现代、当代文学研究》2009 年第 1 期；

四月，中英文版《诗与诗话》由高大庆所主持的香港高格出版社印行，诗友杨于军英文翻译；

五月，主编《你见过大海——当代陕西先锋诗选》由西北大学出版社出版发行；

25 日，《你见过大海——当代陕西先锋诗选》出版新闻发布暨诗歌研讨会，在西安建筑科技大学举行。谢冕、吴思敬、杨匡汉、郑愁予、向明、舒婷、伊沙、娜夜、吕刚等学者、诗人和入选本诗选的 20 余位诗人共聚一堂为贺，并进行相关学术研讨；

八月，新世纪十年个人诗歌评论集《谁永远居住在诗歌的体内——两岸论诗》由台湾唐山出版社出版发行；

应邀出席"第二届青海湖国际诗歌节"；

本月 23 日至 9 月 8 日，应瑞典籍华裔诗人李笠邀约，与诗人赵野、蓝蓝、王家新一行，赴瑞典、丹麦参加"第 16 届哥特兰国际诗歌节"及丹麦诗人俱乐部诗歌节；

在台湾《创世纪》诗杂志秋季号总 160 期发表《天生丽质》

实验诗6首（张默主编）；

在本月出版的《诗探索》2009年第1辑（作品卷）发表《天生丽质》实验诗20首（林莽主编）；

十二月，由人民文学出版社出版、诗学家骆寒超教授主编的《星河》诗歌丛刊总第2辑刊发《天生丽质》实验诗14首。

2010年

一月，《星星》诗刊第1期"诗评家的诗"专栏刊出《天生丽质》实验诗6首；

由潘洗尘主编的《诗歌EMS周刊》总第36期《沈奇诗歌：天生丽质（32首）》刊行；

创作长诗《祭母四章》；

二月，回勉县祭奠母亲去世三周年，焚诗稿《祭母四章》为悼；

四月，长诗《祭母四章》发表于《诗刊》（下半月）第4期（蓝野编发）；

六月，在北京参加由北京大学新诗研究所、首都师范大学中国诗歌研究中心举办的"中国新诗：新世纪十年的回顾与反思——两岸四地第三届当代诗学论坛"，发表论文《"自由之轻"与"角色之祟"——关于新世纪十年当代中国诗歌的几点思考》；

在《大河》诗刊第3期发表《天生丽质》实验诗10首，同期刊发洛夫评文《读沈奇诗作〈天生丽质〉》；

八月，诗论《角色意识与女性诗歌》，入选由谢冕任总主编、吴思敬任理论卷分卷主编的《中国新诗总系·理论卷》，人民文学出版社出版；

九月，诗论《"自由之轻"与"角色之祟"——关于新世纪十年当代中国诗歌的几点思考》发表于《南方文坛》第 5 期（张燕玲主编）；

十一月，《钟山》文学双月刊第 6 期以卷首位置一次性刊发 50 首《天生丽质》系列实验诗（贾梦玮主编）；

十二月，《沈奇诗学论集》（三卷）修订本获第二届"柳青文学奖"；

集 35 年诗歌创作的总结性选本《沈奇诗选》由陕西师范大学出版社出版。

2011 年

三月，在北京参加由北京大学中国新诗研究所主办的《中国新诗总系》出版研讨会，提交论文《梳理、整合与重建——〈中国新诗总系〉初读谫论》；

六月，在天津参加由中国当代文学研究会和南开大学文学院联合举办的"中国现代诗歌的语言"国际学术研讨会，发表论文《我写〈天生丽质〉——兼谈新诗语言问题》；

七月，本月出刊的《诗探索》2011 年第 2 辑理论卷（吴思敬主编）和《南方文坛》双月刊第 4 期（张燕玲主编），同时刊出《梳理、整合与重建——〈中国新诗总系〉初读谫论》一文；

九月，《钟山》大型文学双月刊第 5 期，大篇幅刊发诗体诗话《无核之云》选章 66 则（贾梦玮主编）；

十月，在北京参加由北京大学新诗研究所和首都师范大学诗歌研究中心联合举办的"新诗与浪漫主义"研讨会，发表论文《不可或缺的浪漫与梦想——关于新诗与浪漫主义的几点思考》；

十一月，本月出刊的《作家》第 11 期刊出《天生丽质》8 首（宗仁发主编）；《诗歌月刊》11 期"隧道"栏目刊出《沈奇访谈录

——答胡亮》并《天生丽质》13首。

2012年

四月，诗论《不可或缺的浪漫与梦想——关于新诗与浪漫主义的几点思考》在《诗探索》第1辑（理论卷）刊出（吴思敬主编）；

五月，诗论《回到单纯与自性——关于新世纪诗歌的几点思考》在《诗刊》第5期发表；

由潘洗尘主编的《诗歌EMS周刊》总第165期《沈奇诗歌快递：天生丽质（30首）》刊行；

九月，《诗潮》诗刊第9期刊发《天生丽质》新作六首；至此，《天生丽质》60余首先后在海内外各种报刊发表逾三百首次；

十月，《天生丽质》诗集由文化艺术出版社出版发行；

十一月，《文艺争鸣》第11期"当代学者话语系列·沈奇"专辑刊发赵毅衡《看过日落后眼睛何用——读沈奇〈天生丽质〉》、陈思和《字词思维·诗歌实验·文本细读——读〈天生丽质〉的几段札记》、杨匡汉《走向瞬间的澄明——〈天生丽质〉解读》三篇评论，及自撰长文《我写〈天生丽质〉——兼谈新诗语言问题》（孟春蕊编发）；

10日，由西安财经学院和陕西省作家协会联合举办的"沈奇诗集《天生丽质》学术研讨会"在西安举行。谢冕、赵毅衡、杨匡汉、吴思敬、陈仲义、谢有顺、胡亮、孙金燕等专家学者，和《钟山》文学期刊主编贾梦玮出席会议，陕西作家贾平凹、红柯，评论家杨乐生、段建军、邓艮，诗人吕刚、之道，书法家、书法理论家钟明善教授等到会发言。作家陈忠实发来贺信并致书面发言；

诗论《语言、心境、价值坐标及其他——新世纪以来中国诗歌现状散议》在《南方文坛》第6期刊发（张燕玲主编）。

2013年

一月，《钟山》文学双月刊第1期，再次大篇幅刊发诗体诗话《无核之云》（续篇）52则；（贾梦玮主编）

《中华读书报》1月28日版"书评周刊"栏目，刊出赵毅衡先生为《天生丽质》所作序文《看过日落后眼睛何用》一文，并配发诗集书影；

三月，应中国社会科学出版社之约，再次修订校勘三卷本《沈奇诗学论集》以发行增订版，补充十余万字新近诗歌理论与批评文章；

本月出刊的《诗选刊》下半月刊第3期（张洪波主编），辟"沈奇的疆域"专栏，刊发小传及相关照片14帧，代表诗作《上游的孩子》《胭脂》《甘南印象》《茶渡》4首，随笔2篇，及摄影作品5幅和一幅书法作品，另附牛汉、丁当两篇旧序文字；

历时十年断续撰写修订的诗体诗话《无核之云》200则校勘结集，待出版；

四月，《诗探索》第1辑（理论卷），辟"关于沈奇"栏目，刊发夏可君、段从学、霍俊明、刘波四位青年评论家关于《天生丽质》的评论文章（吴思敬主编）；

至此，有关《天生丽质》的前后15篇评论已全部在学术期刊刊出；

七月，诗论《诗心、诗体与汉语诗性——对新诗与当代诗歌的几点反思》在《文艺争鸣》第7期卷首"视点"栏目刊出（孟春蕊编发）；

本月出刊的《扬子江诗刊》第4期总第85期"评论家的诗"专栏刊出《天生丽质》新作6首；

八月，在《星星》诗歌理论刊第8期"探索"栏目发表诗体诗话《无核之云》50则，后附南帆短评《改变语词的方向——读沈奇的〈无核之云〉》；

九月，近百万字三卷本《沈奇诗学论集》增订版，由中国社会科学出版社出版发行；

十月，由于坚主编的《诗与思》丛刊创刊号出版，刊发诗论《诗心、诗体与汉语诗性——对新诗与当代诗歌的几点反思》；

十一月，在《星星》诗歌理论刊第11期发表新修订的《世纪之树——牛汉诗歌精神散论》一文，以此追思怀念于九月间去世的牛汉尊师。

《新华文摘》第21期（十一月上半月刊）于"论点摘编"栏目刊出《诗心、诗体与汉语诗性——对新诗与当代诗歌的几点反思》之五百余字摘要；

十二月，中旬，随画家朋友蔡小枫、傅小宁伉俪一行赴日举办画展，得缘与荒疏20余年的汉学家前川幸雄先生重逢叙旧。

2014年

一月，《诗心、诗体与汉语诗性——对新诗与当代诗歌的几点反思》一文再次在《诗潮》诗刊2014年第1期刊发；

四月，在《作家》杂志第4期发表《天生丽质》新作11首，同时配发孙金燕评论《秘响旁通：现代禅诗的反讽突围——以沈奇〈天生丽质〉诗歌实验为例》（宗仁发主编）；

六月，《天生丽质》实验诗之《种月》《子虚》2首入选由诗人南北主编、上海社会科学院出版社出版的《世界现代禅诗选》；

八月，随笔集《秋日之书》由西安出版社出版发行；

九月，《茶渡》一诗入选由诗人张默编著、台湾创世纪诗社出版的《小诗·随身帖》诗集；

十一月，在《南方文坛》第 6 期"理论新见"专栏发表论文《诗意·自若·原粹——关于"上游美学"的几点思考》（张燕玲主编）；

历时三年思考并反复修订的诗学论文《"味其道"与"理其道"——中西诗与思比较谈片》在《文艺争鸣》第 11 期"理论"栏目刊出（孟春蕊编发）。

2015 年

三月，《文身之石——现代汉诗诗学断想》在《钟山》文学双月刊第 2 期刊出（贾梦玮主编）；

带有回顾性的个人 35 年诗选"沈奇的诗"（《海魂》《悬崖旁有棵要飞的树》《上游的孩子》《那山那人那狗》《看山》《十二点》《碑林和它的现代舞蹈者》《淡季》《甘南印象》《茶渡》《胭脂》《静好》《大漠》《朗逸》《宿命》《居原》《木心》《菩提》）18 首入选《西部》文学月刊第 3 期"西部中国诗歌联展（五）"专辑刊出（沈苇主编）；

诗论《诗心、诗体与汉语诗性——对新诗与当代诗歌的几点反思》入选《2014·中国年度诗论精选》（霍俊明编选），长江文艺出版社出版；

四月，《沈奇诗学论集》2013 年增订版，获得由同济大学诗学研究中心和云南大学中国当代文艺研究所参与主办的第四届"美丽岛"中国桂冠诗歌奖诗学奖；

七月，《诗性生命历程的"初稿"与"原粹"——答二十世纪八十年代大学生诗歌运动访谈》一文在《诗探索》第 2 辑（理论卷）刊出（吴思敬主编）；

小诗《秋意》入选黄梵主编的《现代爱情诗歌百年精选集》，江苏凤凰文艺出版社出版；

八月，主编"当代新诗话"丛书第 1 辑五卷，由陕西人民教育出版社出版发行，包括赵毅衡《断无不可解之理》、于坚《为世界文身》、陈超《诗野游牧》、耿占春《退藏于密》及自己忝列其中的《无核之云》；

诗论《新诗：一个伟大而粗糙的发明——新诗百年反思谈片》在《文艺争鸣》第 8 期刊出（孟春蕊编发）；

十月，《沈奇诗选》修订版由陕西师范大学出版总社出版发行；

赴京出席由北京大学中国诗歌研究院和首都师范大学中国诗歌研究中心联合举办的"新诗百年反思学术研讨会"，发表论文《诗心、诗体与汉语诗性——对新诗与当代诗歌的几点反思》。

2016 年

一月，《天生丽质》新作 16 首刊发《钟山》第 1 期（贾梦玮主编）；

二月，入聘北京大学中国诗歌研究院首届研究员；

诗学散论《新诗：一个伟大而粗糙的发明——新诗百年反思谈片》在《新华文摘》数字版第 2 期全文转载发表；

四月，文论《汉语之批评与批评之文章——评胡亮文论集〈阐释之雪〉兼谈批评文体问题》在《文艺争鸣》第 4 期刊出（孟春蕊编发）；

五月，21 日，应邀赴河北廊坊师范学院参加"北岛诗歌研讨会"，发表论文《小于"一"或大于"十二"——有关北岛评价的一个个案分析》；

七月，诗论《"后消费时代"的当代新诗谈片——从几个关键词说开去》在《文艺争鸣》第7期刊出（孟春蕊编发）；

八月，诗评论集《诗心、诗体与汉语诗性——新世纪诗歌散论》由陕西师范大学出版总社出版发行；

九月，24日，由西安财经学院和陕西师范大学出版总社联合主办、北京大学中国诗歌研究院和首都师范大学中国诗歌研究中心联合协办的"沈奇诗与诗学学术研讨会"在西安财经学院召开。谢冕、陈思和、吴思敬、杨匡汉、刘福春、李森、王新、刘波等外地专家学者，贾平凹、李浩、李震、仵埂、刘炜评、吕刚、之道、雷鸣、贾妍（女）等西安文朋诗友和专家学者，及韩国汉学家金龙云先生出席发言；

诗论《小于"一"或大于"十二"——有关北岛评价的一个个案分析》在廊坊师范学院学报第3期（社会科学版）卷首刊出（韩同银编发）；

十月，《西湖》文学月刊第10期以"沈奇的诗"为题发表《天生丽质》新作11首；

十一月，文论《修远与切实，以及自若——陈仲义诗学精神散论》在《南方文坛》（双月刊）第6期刊出（张燕玲主编）；

十二月，完成长诗《尔后——残句系列》；

诗歌民刊《审视 The Writer》2016年卷"润声"栏目刊发《天生丽质》50首；

由朱立坤、张智主编的《百年诗经——中国新诗300首》（1917—2016）民间出版发行，代表诗作《上游的孩子》《木心》两首入选；

诗论《小于"一"或大于"十二"——有关北岛评价的一个个案分析》复载《学问》丛书第四卷（李森主编），花城出版社2016年12月版。

2017年

一月，《边缘与中心的对话——"沈奇诗与诗学学术研讨会"七人谈》（谢冕、贾平凹、陈思和、杨匡汉、李浩、李震、吴思敬）文稿刊发《文艺争鸣》第1期（孟春蕊编发）；

三月，长诗《尔后——残句系列》同时刊发《钟山》2017年第2期（贾梦玮主编）和《长河》文学丛刊2017年春季卷总第4期（马启代主编）；

五月，诗论《"汉语诗心"与"汉语诗性"散论》在《文艺争鸣》第5期刊出（孟春蕊编发）；

诗论《新诗：一个伟大而粗糙的发明》入选由诗人唐诗主编的《双年诗经——中国当代诗歌导读暨中国当代诗歌奖获得者作品集》，四川人民出版社出版；

六月，《诗探索》2017年第2辑（理论卷），辟"沈奇诗歌与诗论研究"专栏，刊出程继龙《当代新诗的一副"古典主义"面孔——沈奇论》、李森《沈奇诗话"无核之云"之诗话》、王士强《找寻"心"之栖所——关于沈奇近年的诗与诗话创作》、王新《诗味还随画韵长——从诗画融通角度论沈奇之诗与诗学》四文（吴思敬主编）；

七月，诗评小辑《读诗三序》，刊《星星》诗歌理论刊第7期；

诗论《蓝色反应与另一种汉诗——有关新诗与翻译诗歌的几点思考》刊《读诗》2017年第2卷（潘洗尘主编），长江文艺出版社 2017 年 7 月版；

九月，日本日文版《诗与思想》第三卷第 365 号，于"中国现代诗特集"专栏，发表汉学家前川幸雄先生题为《沈奇早期诗集〈看山〉的魅力》的评论，并刊出汉学家佐佐木·久春翻译的《清脉》《慵夏》《南方花园》《雪魂》《世纪独语》《云心》6 首诗作；

十一月，4 日至 5 日，应邀赴北京香山饭店出席由北京大学中国诗歌研究院和首都师范大学中国诗歌研究中心联合举办的"新诗百年：中国当代新诗理论批评研讨会"，发表论文《当代新诗批评的有效性和文体自觉》；

诗论《当代新诗批评的有效性和文体自觉》在《文艺争鸣》第 11 期刊出（孟春蕊主编）；

十二月，《边缘与中心的对话——沈奇诗与诗学学术研讨会会议综述》（李洁整理）在首都师范大学中国诗歌研究中心主编的《中国诗歌研究动态》第 19 辑"新诗卷"刊出，学苑出版社出版。

2018 年

二月，诗论《蓝色反应与另一种汉诗——有关新诗与外国诗歌译介的几点思考》在《文艺争鸣》第 2 期刊出（孟春蕊编发）；

主编"当代新诗话"丛书第二辑五卷由陕西人民教育出版社出版发行，包括杨匡汉《长亭听云》、简政珍《苦涩的笑声》、臧棣《诗道鳟燕》、胡亮《琉璃脆》、泉子《诗之思》；

四月，《中西诗歌》第 1 期总第 68 期，刊出《天生丽质》新作 12 首（黄礼孩主编）；

五月，《山花》文学月刊第 5 期刊出《天生丽质》新作 8 首（李寂荡主编）；

八月，人民文学出版社出版的《星河》诗歌丛刊夏季卷卷首刊出《天生丽质》新作14首。同期"理论批评"专栏刊出诗论《浅近的自由——说新诗是种"弱诗歌"》（骆寒超主编）；

由马永波和王霆章主编、东方出版中心出版的《汉语地域诗歌年鉴·2017年卷》选收诗论《浅近的自由——说新诗是种"弱诗歌"》一文及《清脉》小诗；

九月，19日至21日，在北京出席由北京大学中国诗歌研究院、北京大学中文系、首都师范大学中国诗歌研究中心、中国诗歌学会联合举办的中国新诗百年纪念大会及学术论坛，发表论文《从"别立新宗"到"百年和解"——新诗百年反思兼谈汉语诗歌之"大传统"与"小传统"》；

十月，与中国社会科学出版社签订七卷本《沈奇诗文选集》出版合同，随即渐次投入全书编修。

2019年

一月，诗论《从"别立新宗"到"百年和解"——新诗百年反思兼谈汉语诗歌之"大传统"与"小传统"》在《北方论丛》第1期刊出；同栏目配合刊发孙金燕携其硕士生王艳撰写的《沈奇新世纪十五年诗论之意义谫论》（吴井泉主编）；

二月，诗论《浅近的自由——说新诗是一种"弱诗歌"》在《文艺争鸣》第2期刊出（孟春蕊编发）；

三月，诗论《从"别立新宗"到"百年和解"——新诗百年反思兼谈汉语诗歌之"大传统"与"小传统"》复在《草堂》诗刊第3期"对话与独白"栏目刊出（熊焱主编）；

五月，5日出刊的《新华文摘》半月刊第9期，于"论点摘编"栏目刊发《从"别立新宗"到"百年和解"——新诗百年反思兼谈汉语诗歌之"大传统"与"小传统"》之结论性八点"通合"说及全文结语"一体两翼"说；

七月，诗论《从"别立新宗"到"百年和解"——新诗百年反思兼谈汉语诗歌之"大传统"与"小传统"》修订稿，在作家出版社出版的《诗探索》第 2 辑（理论卷）"中国新诗百年纪念大会学术论坛"专辑头条刊出（吴思敬主编）；

八月，与室内设计家、摄影家余平和画家罗宁一起，应邀赴布拉格国家图书馆商谈"古早中国——余平中国古民居摄影展"事宜，并作捷克深度游。归来得诗作《瓦语，或伏尔塔瓦河咏叹调》；

九月，历时近一年的七卷本《沈奇诗文选集》编修终于完稿付排。

2019 年 9 月于西安终南印若居

后　记

本诗文选集付梓印行之际，余年届70，以此为来程之眷顾及余生之念想做个纪念，或得其所。

天有四季，地有冷暖，人有炎凉。哪个季节说啥话、行啥道，早不得，也晚不得。而，爱好一种事业以求现实功利，与信仰一种爱好以求精神归宿，在不同人生季节，自有不同取舍，但最终，还是要返归信仰而天心回家为是。

70回首，唯两个字贯穿始终：一者"诗"也，二者"师"也；先以诗为师为乡野苦寒学子，师以救己立人；复以师为诗为闹市清贫教授，诗以传道修远。如此一路走来，有了无数堪可怀恋和告慰的"诗"与"师"之因缘际会，也便有了这堪可怀恋和告慰的"诗"与"师"之七卷文字的因果印证，而在在挽时光留影写照、润己明人。

至此，午后斜阳，暮色素宁。虽依然故我地以诗为伴、以师为友，却不再倾心什么诗人或学者名号，只放心于浅浅近近的一个人。或时而，回放一下本雅明的那句话："人的目光必须克服的荒漠越深，从凝视中放射出的魅力就越强。"

感谢中国社会科学出版社，继三卷本《沈奇诗学文集》出版三印之后，再次接纳了这部七卷本诗文选集。

万物互联之网络时代，纸质出版已渐成纯粹仪式化之事，尤其此类小众书籍，或有真爱者垂青，已属稀有缘分，实在要提前致意为是！

更要感谢所有师长和亲友长期以来的扶助与支持！在此恕不一一，唯念念耿耿于心为是。

天凉好个秋，过夜饭不馊。啰唆再三，就此打住。

是为后记。

2019年重阳于西安大雁塔印若居